단종애사

단종애사

춘원 이광수 지음 | 이상배 편저

열림원

어린 임금은 왕이었으나
하늘 아래 가장 외로운 아이였다.

일러두기

· 이 소설의 원전은 이광수의 《단종애사》이다. 이 소설은 1928년 11월 30일부터 1929년 12월 1일까지 동아일보에 연재되었으며, 1954년 박문사에서 초판본이 발행되었다.
· 이 작품은 약 97년 전에 발표된 소설로, 오늘날 국립국어원 〈표준국어대사전〉의 한글 표기법과 차이가 있다. 이번 편저본은 현대 독자가 쉽게 읽을 수 있도록 어휘와 표기를 다듬어 편집하였다.
· 마지막 14장 '엄흥도' 이야기는 원전에 없는 내용으로, 조선왕조실록과 야사, 전설 자료 등을 바탕으로 창작하였다.
· 본문의 연도 표기는 상황에 따라 양력과 음력을 함께 쓰거나 구분하여 사용하였다.
· 궁중 언어, 조선 시대 정치 용어, 사자성어 등은 가독성을 고려하여 한자를 함께 쓰지 않았다.
· 인물의 호칭과 장소명, 특히 '왕'의 칭호는 글의 흐름에 따라 길거나 짧게 사용하였다. 예) 세종·세종대왕, 단종·단종대왕, 수양·수양대군 등.
· '단종' 묘호에 대하여: 왕의 묘호와 시호는 사후에 정해진다. 업적과 정통성에 따라 '조·종·군' 등의 호칭으로 구분된다. 본 소설에서는 역사적으로 익숙한 '단종'이라는 이름을 사용하였으나, 이는 재위 당시의 호칭이 아니다. 단종은 폐위되어 '노산군'으로 강봉된 뒤 사망하였고, 241년이 지난 1698년(숙종 24년)에 복위되면서 '단종'이라는 묘호를 받았다.

조선 백성의 가슴에 묻은 어린 임금, 단종

조선의 스물일곱 임금 가운데, 가장 어린 나이에 왕위에 올라 가장 깊은 외로움을 견뎌야 했던 임금이 있다. 열두 살 소년의 어깨 위에 나라가 올려졌고, 그 어린 마음은 하루아침에 임금이 되어야 했다. 그는 단종이다.

왕관은 머리 위에 얹혔으나 마음 둘 곳은 없었다. 궁궐의 높은 담장 안에서 그는 임금이었지만 한편으로는 아버지를 잃은 아이였고, 믿을 이를 찾아 헤매는 외로운 소년이었다.

권력은 칼날처럼 차가웠고, 충성과 배신은 한자리에 섞여 있었다. 어린 임금의 눈빛에는 두려움보다 책임이 먼저 비쳤다. 그러나 세상은 그의 곧음을 기다려 주지 않았다. 왕위에서 물러나 강물 휘도는 영월 땅에 홀로 서게 되었을 때에도 그는 스스로를 원망하지 않았다. 다만 하늘을 우러러 조선의 안녕을 빌었을 뿐이다.

단종은 패한 왕이 아니라, 우리 마음 깊은 곳에 묻힌 왕이다. 그의 짧은 생은 권력의 기록을 넘어 인간의 슬픔과 의리의 빛으로 남았다. 이 이야기는 한 소년 임금의 비극이면서, 꺼지지 않는 충과 절의의 불꽃에 대한 기록이다. 그의 이름을 부를 때마다 우리는 묻는다. 임금이란 무엇인가, 사람의 의리는 어디까지인가. 그리고 조용히 대답하게 된다. 단종은 아직도 우리 가슴속에서 어린 왕으로 살아 있다고….

이 글은 춘원 이광수의 대하 역사소설을 바탕으로 쓴 것이다. 누구나 쉽게 읽을 수 있게 하였으며, 작가의 상상력이 보태어졌다. 제14장 영월의 호장 엄흥도에 관한 이야기는 원작에 없으며, 조선왕조실록·야사와 전설에 의한 창작임을 밝힌다.

2026년 3월 글쓴이
이상배

1장 비운의 씨앗

1441년(음력 세종 23년 7월 23일) 8월 18일.

조선 왕조 500년 역사에서 가장 깊은 슬픔을 짊어질 아이가 태어났다.

세종대왕의 맏손자이며 문종의 아들로 훗날 단종대왕이라 불릴 이홍위였다.

초가을 새벽이었다.

경회루 연못에는 갓 피어오른 연잎마다 이슬이 반짝였다.

새벽별이 물 위에 마지막 빛을 흘릴 때, 동궁 거처

인 자선당에서 아기의 첫울음이 터졌다. 두 궁녀가 자선당을 급히 나와 경회루 쪽으로 숨차게 달려갔다.

왕(세종대왕)은 그 시각 집현전 학사들과 경회루 아래에 있었다. 초조한 마음이었다. 곁을 지키는 사람은 신숙주와 성삼문으로 집현전 학사이다.

왕의 눈에는 연꽃의 자태가 들어오지 않았다. 마음은 자선당에 가 있었다. 세자빈이 전날 밤부터 진통을 겪는다는 말을 들었기 때문이다. 왕은 밤새 옷도 갈아입지 않은 채 나인을 보내 소식을 물었고, 내의를 불러 약을 준비하도록 하였다. 거의 밤을 새웠다.

궁녀들이 달려오는 것이 보였다. 가장 먼저 그것을 본 사람은 왕이었다. 그들이 가까워질수록 왕의 얼굴에는 긴장이 역력했다.

"상감마마!"

앞선 상궁이 숨을 고르고 허리를 깊이 굽혔다.

"세자빈께서 방금 순산하셨습니다."

그 말이 떨어지자 왕의 굳었던 얼굴에 미소가 번

졌다.

상궁은 곧바로 이어 아뢰었다.

"산통을 겪으시다가 옥 같은 아들 아기를 낳으셨습니다. 세자빈께서는 곧 잠이 드셨고, 아기씨는 기운차게 울고 계십니다."

"오, 그런가. 아기는 어떠하냐, 크더냐."

"예, 크옵니다."

늙은 상궁이 먼저 대답하자 다른 상궁이 덧붙였다.

"갓 낳은 아기라 믿기 어려울 만큼 몸집이 크고, 울음소리도 쩌렁쩌렁하여 삼칠일이 지난 듯하옵니다."

왕은 만족한 듯 고개를 끄덕였다. 용안에 웃음이 가득 피었다.

"올해 경사가 많구나. 김종서가 육진을 안정하고 돌아오고, 또 원손이 태어났으니 이런 경사가 또 있느냐."

신숙주와 성삼문이 허리를 굽혔다.

"전하의 크신 성덕이옵니다."

왕은 조용히 고개를 저었다.

"내 덕이 아니다. 열성조의 큰 덕이다. 하늘이 이 나라에 큰 복을 내리셨다."

왕은 천천히 연못가로 걸음을 옮겼다.

연잎 위에는 영롱한 이슬이 맺혀 있었다. 금방이라도 또르르 굴러떨어질 듯 위태롭게 빛났다. 물 위에는 분홍 연꽃이 피어 있었다. 다 핀 꽃도 있고 막 피어나는 꽃도 있었고, 아직 꼭 닫힌 봉오리도 있었다. 물고기가 이따금 몸을 틀어 물결을 일으켰다.

늙은 소나무와 무성한 나무숲 사이로 이른 가을 바람이 스며들었다. 그 바람에 새소리가 실려 왔다. 남산과 인왕산, 백악산이 맑은 하늘 아래 또렷이 보이고, 근정전의 처마 끝은 푸른 하늘을 향해 날아오를 듯 곧았다.

모든 풍경이 태평성대를 노래하는 듯했다.

왕은 문득 걸음을 멈추었다.

두 학사는 자연히 한 걸음 뒤로 물러섰다.

왕은 몸을 돌려 두 사람을 그윽히 바라보았다. 방금까지 기쁨으로 빛나던 눈빛에 깊은 그늘이 어렸다.

"경들에게 어린 손자를 부탁한다."

갑자기 이른 말은 조용했으나 무거웠다.

"나를 섬기던 그 충성으로 오늘 이 아이를 섬겨 다오."

그 목소리에는 설명하기 어려운 슬픔이 섞여 있었다.

왕의 두 눈에 물기가 어렸다.

젊은 두 학사는 가슴이 철렁 내려앉았다. 어떤 예감처럼, 그 부탁이 단순한 축복의 말이 아니라는 것을 느꼈다.

왕은 먼저 신숙주를 불렀다.

"숙주야!"

숙주는 성삼문보다 나이가 위였다. 왕은 늘 나이의 차례를 소홀히 하지 않았다.

"예, 전하."

신숙주는 그대로 두 손을 땅에 짚고 엎드렸다.

"어린 손자를 부탁한다. 내가 천추만세한 후에도 내 말을 잊지 말아라."

신숙주의 이마가 돌바닥에 닿았다.

"전하, 성상을 섬기고 남은 목숨이 있다면 백 번 죽더라도 원손께 충성을 다하겠습니다. 천지신명 앞에 맹세하옵니다."

눈물이 떨어져 돌바닥을 적셨다.

왕은 다시 성삼문을 바라보았다.

"삼문아!"

성삼문은 대답 대신 엎드린 채 몸을 떨었다. 목이 메어 말이 나오지 않았다.

왕은 두 사람의 충성 맹세를 들으며 고개를 끄덕였으나 얼굴의 근심은 쉽게 풀리지 않았다.

"일어나거라. 조회가 늦어지겠구나. 오늘 일을 기록하여 후세에 전하라."

왕은 내전으로 향했다.

두 학사는 서로 얼굴을 바라보았다. 눈물에 젖어 있었다. 말은 없었지만 마음은 하나였다. 살이 찢기고 뼈가 가루가 되더라도 오늘 태어난 원손을 지키겠다고 마음속으로 거듭 맹세하였다.

잠시 뒤 내불당에서 쇠북을 두드리는 소리가 울렸다. 아기의 장수를 비는 발원이 시작된 것이다.

왕이 이처럼 아기의 앞날을 걱정한 데에는 까닭이 있었다.

첫째는 세자의 병약함이었다.

세자(훗날 문종)는 이제 서른이 갓 넘은 젊은 몸이었지만 태어날 때부터 약했다. 몇 해 전에는 이름 모를 병으로 거의 일 년 가까이 누워 있었다. 그 뒤로는 성한 날보다 앓는 날이 더 많았다.

세자는 효성이 지극했다.

아침저녁으로 부왕을 모셨고, 수라를 드실 때면 반드시 곁에 서 있었다. 밤에도 자리에 모시면 아무리 깊은 밤이 되어도 물러가라는 말씀이 있기 전까지는 돌아가지 않았다.

그렇게 낮에는 정사를 돕고 밤에는 병든 부왕의 약시중을 하였다. 그리고 자선당에 돌아와서도 곧 잠자리에 들지 않았다. 늦은 수라를 들고 나면 정인지와 최만리, 신숙주, 성삼문, 유성원, 이개, 최항, 박팽년, 하위지 같은 젊은 학사들을 불러 밤이 깊도록 학문을 토론했다. 성리학을 논하고 백성의 삶을 살폈다. 정인지를 스승처럼 공경했고, 신숙주와 성

18

삼문은 벗처럼 가까이했다. 때로는 새벽닭이 울 때까지 붙들어 두기도 했다.

이 모든 일이 세자의 건강을 더욱 해쳤다.

왕에게는 여러 아들이 있었다. 맏아들이 세자였고, 둘째가 수양대군, 셋째가 안평대군이었다. 그 밖에 임영대군, 광평대군, 금성대군, 평원대군, 영응대군 등 여덟 대군과 두 공주 그리고 여러 군과 옹주가 있었다.

세자는 한 달에 몇 번씩 형제들을 번갈아 불러 우애를 나누었다. 아우들도 어려운 일이 있으면 반드시 세자에게 찾아와 의논했다. 여덟 대군 가운데 특히 말썽이 많았던 이는 수양대군과 안평대군이었다. 수양은 호방하고 기세가 세었다. 열여섯 살 때 왕방산에 사냥을 나가 하루에 노루와 사슴을 스무 마리나 잡고 피투성이가 되어 돌아온 적도 있었다. 세종은 그 기세를 누그러뜨리려고 소매와 바지가 넓은 옷을 입게 했다.

"너같이 날랜 사람은 크고 넓은 옷을 입어야 한다."

왕은 그렇게 타이르곤 했다.

안평대군은 문장을 좋아하고 풍류를 즐겼다. 세상의 평판을 크게 두려워하지 않았다. 겉으로는 방탕해 보였으나 속에는 영웅의 기상이 숨어 있었다. 금성대군은 의리가 있었고, 영응대군은 얌전했다. 여덟 대군은 저마다 다른 성미를 지니고 있었다.

그들 모두를 세자는 한결같이 사랑했다.

그러나 세종은 알았다.

형제들이 아무리 우애로워도 권력은 사람의 마음을 바꿀 수 있다는 것을. 만일 세자가 왕위에 오르기도 전에 세상을 떠난다면, 어린 원손이 이들 사이에서 무사할 수 있을까. 수양대군처럼 기세가 강한 인물이 있는 한 불길한 일이 일어나지 않으리라 누가 장담할 수 있을까.

그래서였다.

왕이 젊은 두 학사에게 손자를 부탁한 것은.

지금은 나이도 어리고 벼슬도 낮지만, 장차 원손이 자라 왕위에 오를 때쯤이면 황희와 김종서 같은 노신들은 세상을 떠났을지 모른다. 그때 나라를 떠

받칠 이는 바로 이 젊은 학사들일 것이라고 왕은 생각했다. 그래서 그날 조회가 끝난 뒤에도 황희, 황보인, 김종서, 정인지 등을 불러 다시 한 번 후사를 부탁하였다.

아기의 탄생은 곧 조선 팔도에 전해졌다. 수많은 죄수들이 사면을 받아 풀려나고, 가난한 이들이 구휼을 받았다. 벼슬아치들은 하사품을 받았고, 각지의 큰 절에서는 원손의 장수를 비는 제를 올렸다.

세종은 불도를 숭상했다. 아기가 태어난 날부터 사흘 동안 짐승을 잡지 말라는 전교를 내렸다. 금수조차 그 은혜를 입었다.

사람도, 귀신도, 짐승도 이 아이의 탄생을 기뻐하는 듯했다.

그러나 기쁨은 오래 머물지 않았다.

아기가 태어난 다음 날 8월 19일.

세자빈 권씨가 세상을 떠났다.

갓난아기에게 젖 한번 제대로 물려 보지 못한 채였다. 첫 울음소리를 들은 뒤 겨우 하루 남짓, 그 짧은 시간 동안 아기를 만져 본 것이 전부였다.

궁궐의 기쁨은 곧 깊은 상복으로 바뀌었다.

경회루 연못의 연꽃은 여전히 피어나고 있었지만, 자선당은 감당할 수 없는 슬픔 속에 가라앉았다.

아기의 운명은 이렇게, 태어나자마자 슬픔과 함께 시작되고 있었다.

세자빈 권씨가 세상을 떠난 뒤, 갓난아기는 혜빈 양씨의 젖을 먹으며 자라게 되었다. 세상에 나온 지 하루 만에 어머니를 여읜 아이는 동냥젖을 먹게 된 것이다.

세자빈은 세상을 떠나기 전, 친정어머니와 장차 아이에게 젖을 먹이게 될 혜빈 양씨를 불러 아기를 부탁했다. 한남군과 영풍군을 낳은 혜빈 양씨는 아이를 정성껏 돌보겠다고 하였다.

원손은 혜빈 양씨의 돌봄으로 무럭무럭 자랐다.

아기가 목을 가누고 사람을 알아보게 되었을 무렵부터, 왕은 자주 아이를 부르게 하였다. 손수 품에 안고 궁궐 뜰을 거닐었다. 한번은 아이를 안은 채 집현전으로 갔다. 마침 입직 중이던 신숙주와 성삼문이 버선발로 뛰어나와 절하였다.

왕은 아이를 안은 채 두 사람을 바라보며 다시 한 번 말했다.

"이 아이를 부탁한다."

두 사람은 지난해 경회루에서 들은 말씀을 떠올렸다. 땅에 엎드려 눈물을 흘렸다.

2장 바람 앞의 등불

해와 달이 여러 번 바뀌었다.

1450년 4월 세종대왕이 승하한 이후 3년이 지나고, 그해 2월에 대상(사람이 죽은 지 두 돌 만에 지내는 제사)이 지났다. 그리고 얼마 지나지 않은 1452년 6월 문종의 목숨이 경각에 이르렀다.

나라 안은 근심으로 가득했다. 마치 큰 폭풍이 오기 직전의 하늘처럼 조선 팔도에는 무거운 기운이 감돌았다.

세종대왕이 승하했을 때 세자는 부왕의 영구 앞에서 왕위에 올랐다. 그 애통함은 차마 바라보기 어려울 만큼 깊었다. 때는 양력으로는 4월이었으나 음력으로는 2월이었다. 봄이라 해야 할 시기였으나 그해는 봄추위가 심했다. 세종이 승하했을 때 한강은 다시 얼어붙을 듯하였다.

문종은 병약한 몸을 돌아보지 않고 빈소를 떠나지 않았다. 신하들이 여러 차례 빈소를 떠나 쉬시라 청했으나 듣지 않았다. 본래 약한 몸이었고, 지난 일 년 동안 등에 큰 종기를 앓아 아직 다 낫지 않은 상태였다. 신하들은 걱정하지 않을 수 없었다.

세종대왕은 승하하기 6년 전부터 세자에게 국사를 맡기게 하였다. 세자는 부왕을 대신하여 나라의 큰일을 처리했다. 낮에는 정사를 보고, 밤에는 부왕의 곁을 지켰다.

세종대왕이 승하하기 전 두어 달 동안은 거의 옷을 벗고 편히 쉰 날이 없었다. 왕위에 오른 뒤에도 마찬가지였다. 혼전에 모시고, 온갖 국사를 친히 재결하고, 학문을 닦고, 민정을 살폈다. 잠시도 쉬지 않고 몸을 혹사하니 건강은 더욱 쇠약해질 수밖에 없었다.

판서 민신은 하루 걸러서 정사를 보시라 청했다. 영의정 황희도 그 의견에 찬성했다. 다른 노신들도 동의했다.

그러나 문종은 말했다.

"임금이 게으르면 천 년을 살아 무엇 하겠는가. 부지런히 정성을 다하면 일 년만 살아도 족하다."

정인지는 임금이 정사를 게을리하는 것은 나라를 망하게 하는 일이라 하여 반대하였다.

문종은 끝내 쉬지 않았다.

세종대왕의 삼년상을 마치자마자 그토록 사모하던 부왕의 뒤를 따르게 된 것이다.

문종은 자신의 병을 크게 염려하지 않는 듯했다. 죽고 사는 것은 하늘의 뜻이라 여겼다. 사는 것을 탐하지도, 죽음을 두려워하지도 않았다.

그러나 한 가지, 어린 세자를 생각하면 마음이 편치 않았다. 열두 살의 세자는 아직 궁 안에서 내시와 나인을 따라 뛰놀 나이였다. 장차 나라를 짊어질 자리에 앉게 될 아이였다.

2월 그믐께 어느 날, 문종은 잔치를 베풀고 집현

전 신하들을 내전으로 불렀다. 신숙주, 성삼문, 박팽년, 최항 등 집현전 학사들과 세자 시강을 맡았던 정인지, 최만리가 자리에 모였다. 이때 정인지는 우참찬, 최만리는 부제학으로 높은 벼슬에 있었다.

문종은 병색이 짙었으나 평소처럼 학사들을 맞았다.

잔치는 검소하게 벗들과 함께한 자리였다. 밖에는 봄눈이 꽃잎처럼 날렸다.

문종은 정면 옥좌에 앉았다. 반쯤 핀 매화 두 송이가 향기를 풍겼다.

왼편 첫 자리에 수양대군이 앉았고, 그다음에 정인지가 자리했다. 오른편 첫 자리에 안평대군이 앉았고, 그다음에 신석조와 최만리가 자리했다. 그 아래로 박팽년, 하위지, 신숙주, 원호, 권절, 성삼문, 최항, 유성원, 이개가 차례로 앉았다. 신석조, 정인지, 최만리는 백발이 성성했고, 나머지는 대개 사십 이하의 장년이었다.

문종은 익선관을 쓰고 곤룡포를 입었다. 병색은 짙었으나 위의는 한 점 흐트러짐이 없었다.

잔치가 무르익을 무렵, 세자가 불려 들어왔다. 열두 살 세자는 복건과 청포 차림으로 들어와 부왕 앞에 섰다. 신하들이 일제히 일어나 절했다.

문종은 옥좌에서 내려와 세자를 곁에 앉히고 등을 어루만졌다. 그리고 떨리는 목소리로 말했다.

"경들에게 이 아이를 부탁하오."

방 안이 조용해졌다.

문종은 다시 말했다.

"내 병이 심상치 않음을 알기에 오늘 부탁을 하는 것이오."

모두가 엎드렸다.

조용히 흔들리던 촛불도 멈춘 듯했다.

문종은 세자를 바라보며 말을 이었다.

"너는 이 자리에 모인 여러 사람을 믿어라. 이들은 모두 나의 옛 벗이다. 너에게는 아버지의 벗이니 곧 부집이다. 군신의 분별이 있다 하여 교만한 마음을 품지 말아라. 수양과 안평, 여러 숙부가 있고 이 모든 현신이 있으니, 네가 비록 어려도 염려할 것이 없다. 오늘의 일과 내가 한 말을 잊지 말아라."

말을 마치고 다시 한 번 세자의 등을 쓸어 주었다. 눈가에 눈물이 맺혔다.

세자는 자리에서 일어나 부왕 앞에 절하고 엎드렸다. 또렷한 목소리로 아뢰었다.

"아바마마, 소신이 비록 어리고 몽매하오나 오늘 하교를 잊지 않겠습니다. 천추만세 후라도 수양, 안평 숙부를 믿고, 집현전의 여러 부집을 스승으로 공경하겠습니다."

어린 세자의 말은 모인 이들의 가슴을 찔러 울렸다.

성삼문은 눈물을 겨우 참았고, 박팽년도 고개를 깊이 숙였다. 수양대군도 고개를 숙이고 있었다. 그 표정은 굳어 있었으며 무슨 말인가 할 듯 말 듯하였으나 끝내 하지 않았다.

문종은 눈물을 거두고 잔을 올리라 하였다.

"오늘 경들과 큰 언약을 하였으니, 내가 손수 사례의 술을 권하겠다. 인생은 덧없으니 누가 목숨의 아침과 저녁을 알겠는가. 이렇게 군신이 모여 즐김도 늘 있을 수는 없다. 오늘 밤은 취하여 즐기도록

하라."

문종은 먼저 수양대군에게 술잔을 내렸다. 수양대군은 무릎을 꿇고 나아가 두 손으로 술잔을 받았다. 잔을 받아 든 손이 작게 떨렸다. 이어서 안평대군, 정인지, 신석조, 최만리, 박팽년, 하위지, 신숙주, 성삼문 등에게 차례로 술잔이 내려졌다.

그때마다 노래 한 소절이 울려 퍼졌다.

술잔이 오가고 풍악이 이어졌다. 그러나 지나친 흐트러짐은 없었다. 군자의 자리였다.

밖에는 눈이 계속 내렸다. 궁궐 지붕과 뜰에 눈이 쌓여 갔다. 촛농이 흘러내리고 불꽃이 흔들렸다.

그날 이후 문종의 병은 더욱 깊어졌다.

임종이 가까워 문종은 대신들을 불렀다. 영의정 황보인, 우의정 김종서, 좌찬성 정분, 우찬성 이양, 이조판서 이사철, 호조판서 윤형, 예조판서 이승손, 병조판서 민신, 지신사 강맹경, 집현전 제학 신석조 등을 불러 세자를 보좌하라 고명하였다.

그때 신숙주와 성삼문은 승지로 입직 중이었다.

문종은 경복궁 천추전 동녘 방에 누워 있었다. 방

안에는 세자와 공주들, 혜빈 양씨와 지밀나인 몇이 모시고 있었고, 대청에는 승정원이 밤낮으로 입직하였다. 정부와 육조의 대신들도 때때로 입시하였다.

문종은 힘겹게 손을 들어 황보인을 불렀다.

황보인이 병석 앞에 엎드리자 문종은 세자의 등을 만지며 말했다.

"부탁하오."

그 한마디였다.

말을 더 잇고자 입을 움직였으나 소리는 나오지 않았다.

세자의 등을 두어 번 가볍게 쓰다듬던 손이 힘없이 내려왔다.

황보인은 떨리는 목소리로 말했다.

"전하, 염려하지 마십시오. 신들이 충성을 다하여 세자궁을 보좌하겠습니다."

문종은 약간 고개를 끄덕이는 듯했다.

김종서, 이양, 민신 등은 눈물을 흘렸다. 도승지 강맹경과 입직 승지 신숙주, 성삼문은 그날의 고명을 정원일기에 기록하였다.

잠시 뒤 수양대군과 여러 대군이 들어왔다.

세자는 수양대군이 들어오는 것을 보고 일어나 그의 소매를 붙잡았다.

"숙부, 어찌하오."

어린 세자는 소리 내어 울지 못하고 눈물만 줄줄 흘렸다.

대군들이 무릎을 꿇고 왕이 눈을 뜨기를 기다렸다.

잠시 후 문종은 눈을 떴다. 기운은 쇠약했으나 정신은 마지막으로 또렷했다. 한 번, 두 번 방 안을 둘러보았다. 큰아버지 양녕대군을 보자 몸을 일으키려 하였다. 평소 양녕대군이 들어오면 반드시 일어나 맞던 습관 때문이었다. 그러나 몸이 움직이지 않았다. 문종은 다시 눈을 감고 가는 한숨을 쉬었다. 그러고 다시 눈을 떠 여러 대군을 바라보았다.

수양대군은 문종의 입이 열리기를 기다렸다. 혹시 자신에게 섭정의 고명이 내리지 않을까 하는 생각 때문이었다.

그러나 문종은 세자의 등을 만지며 마지막 가는 목소리로 말했다.

"이 아이를 경들에게 부탁한다."

그리고 간신히 덧붙였다.

"제 숙부들이 있으니 염려할 것이 없다."

그 말이 마지막이었다.

이내 눈을 감고 다시는 말을 하지 못하였다.

마침내 1452년 6월 10일(음력 문종 2년 5월 14일), 문종은 어린 세자에게 나라를 맡기고 승하하였으니 이때 나이 37세였다.

그날, 형 문종의 임종을 지켜본 수양대군의 얼굴은 굳어 있었다. 슬픔보다는 불만과 불안이 묘하게 섞인 표정이었다. 그의 그런 표정은 궁을 떠나 집으로 돌아오는 길에 폭발하였다.

"내가 얻고자 한 것이 무엇이었던가."

수양은 혼잣말을 되씹었다. 지금껏 마음속에 막연히 기대했던 자연스러운 기회, 그 꿈이 무너졌다. 문종은 동생이 아닌 영의정 황보인에게 마지막 고명을 한 것이다.

“어찌해야 할까.”

수양은 생각할수록 화가 치밀었다. 쓰고 있던 사모를 벗어 길에 동댕이쳤다. 저만치 날아간 사모는 틀이 찌그러지고 각이 부러져 버렸다.

3장 세 가지, 세 사람

수양대군은 집 안으로 들어서기 무섭게 하인을
불러 냉수를 청하였다. 숨도 쉬지 않고 벌컥벌컥 들
이켰다.

이때 사랑채에서 바깥 기척을 느낀 권람이 벌떡
일어났다.

"틀린 게로군."

권람이 픽 웃으며 혼잣말을 하였다.

권람이 누구인가.

나이는 마흔다섯밖에 안 되었으나 열여덟부터 지
병이 있어 몸에는 살이 없고 얼굴은 움에서 막 나

온 듯 희었다. 오직 신기롭게 빛나는 두 눈만이 그의 생기를 지탱하는 듯하였다. 모시 두루마기에 검게 때가 묻어 있었고 버선 끝은 닳아 있었다. 한눈에 가난한 선비임을 알 수 있었다.

그는 태조와 태종 때 예문관과 대제학을 지낸 권근의 손자요, 권제의 아들이다. 권근은 고려 말의 명망 높은 대신으로 계룡산에서 태조에게 올린 공덕을 기리는 송덕표 한 장으로 태조의 충신이 된 사람이다. 그러나 그는 고려 왕조를 떠나 태조에게 붙은 인물이기도 하다.

그의 아버지 권제도 세종의 총애를 받아 대제학 벼슬에 올랐다.

그런데 그의 가문은 대대로 큰 벼슬을 지냈음에도 재산이 넉넉하지 못하였다. 세종이 병환이 깊어 정사를 친히 보지 못하게 된 때부터는 권람이 권근의 손자라 하여 특별히 끌어 줄 사람도 없었다. 더구나 서른다섯이 되도록 과거에 연이어 낙방하여 그의 신세는 더욱 궁하게 되었다.

권람은 찾아오는 사람도, 찾아갈 곳도 없었다. 자

기 집인 후조당 벼랑 위에 조그마한 초당 한 채를 짓고 소한당이라 이름 붙였다. 그곳에서 홀로 글 읽기를 일로 삼았다.

그런 중에 어찌어찌하여 수양대군과 사귀게 되었고 지금은 수양대군의 집에 스스럼없이 출입하게 되었다. 서로 뜻이 맞아 수양대군은 때때로 노비를 시켜 남산골 권 생원 댁에 식량을 보내었다. 권 생원은 권람을 가리킨 것이다.

이번 문종대왕의 임종에 소명이 있자 수양대군은 권람에게 미리 말을 하였고, 권람은 그 회답을 기다리며 사랑채에서 낮잠을 자고 있었던 것이다.

잠시 후 수양대군이 몹시 불쾌한 얼굴로 사랑으로 들었다. 본래 기골과 몸집이 남보다 컸다. 성이 난 분기 때문일까. 방 안에 들어선 수양은 더욱 장대하여 가득 차는 듯하였다.

권람은 일어서서 예를 갖추어 대군을 맞았다.

"어떠하셨습니까?"

"늙은 것들한테 고명을 내리셨다네."

수양대군은 이를 악문 채 말했다.

“늙은 것들이라 하시면 누구를 이르시는 말씀입니까?”

“황보인, 남지, 김종서지 누구겠는가.”

“황보인은 영의정이요, 남지는 좌의정, 김종서는 우의정이니 삼공이 보좌의 명을 받드는 것이 당연하지 않습니까.”

권람은 슬쩍 수양대군의 비위를 건드리며 그의 눈자위를 살폈다. 수양의 눈이 파르르 흔들렸다.

수양은 벌떡 일어설 듯 몸을 움직이며 소리쳤다.

“이 사람, 자네마저 그런 소리를 한단 말인가. 그 노신들 편이란 말인가. 그따위 귀신이 다 된 것들이 무엇을 한단 말인가.”

수양은 소리를 지르며 펄펄 뛰었다.

권람은 수양이 제 덫에 걸린 것을 알고 속으로 웃었다. 그러나 겉으로는 가장 엄숙하게 무릎을 꿇고 말했다.

“소인이 황보인의 편이 되는 것이 아닙니다. 다만 달리 그만한 중임을 맡을 사람이 보이지 않아 그리 된 것이 아니겠습니까.”

화가 단단히 오른 수양의 심기를 다시 건드린 듯 아닌 듯한 말이었다.

권람은 천천히 말을 이었다.

"천명을 상감께서도 어찌하시겠습니까. 모두 어수선한 일이요, 소인 같은 무리가 알 바는 아니옵니다. 나리께서 더 잘 아시겠지요. 이런 때에 여러 말을 하는 것은 중요하지 않을 것입니다. 소인도 볼일이 있으니 물러가겠습니다."

권람은 벌떡 일어나 절하고 물러나려 하였다.

권람의 말이 황당하여 무슨 뜻인지 알 듯 말 듯했으나, 그 속에 깊은 의미가 있음을 수양이 모를 리 없었다.

'천명을 상감께서도 어찌하랴.'

그 말이 수상하였다. 겉으로는 아무렇지 않은 듯 굴었지만 권람의 말과 행동에는 언제나 숨은 뜻이 있었다. 오늘은 특히 그 말이 마치 예언처럼 들렸다.

"이 사람, 가긴 어딜 가나. 앉게."

"아니요. 또 오지요."

수양의 만류도 듣지 않고 권람이 신을 신으려 하자, 성급한 수양이 참지 못하고 벌떡 일어나 권람의 소매를 붙잡았다.

"정경이, 오늘은 꼭 자네를 붙들어야 할 일이 있네."

정경은 권람의 자였다.

권람은 마지못한 듯 수양에게 끌려 안으로 들어갔다. 수양은 권람을 끌고 큰사랑을 지나 안사랑의 가장 조용한 방으로 들어갔다. 좌우를 물리고 술을 내오라 명하였다. 두 사람은 단둘이 마주 앉았다.

한참 동안 서로 마주 볼 뿐 입을 열지 않았다. 수양은 권람이 먼저 말을 꺼내기를 바랐다. 그러나 권람은 벽에 걸린 서화와 활, 전통과 검 등을 무심한 듯 바라보고 있었다. 물론 진실로 무심할 리는 없었다. 수양의 비위를 가장 힘 있게 건드려 그의 오장이 부글부글 끓어오르기를 기다리고 있을 뿐이었다. 장차 조선 팔도를 흔들 큰 폭풍이 지금 이 자리에서 비롯되려 하고 있었다. 벽에 걸린 활시위가 스르르 울리는 듯한 것은 듣는 이의 착각이었을까.

마침내 수양이 입을 열었다.

"여보게, 자네가 내게 할 말이 있지 아니한가. 있거든 하게."

그의 얼굴빛은 은근히 초조하였다.

권람은 잠시 눈을 감았다 뜨며 말했다.

"모든 것은 나리 마음에 달려 있습니다."

"하면 된다는 말인가?"

"그러하옵니다. 잘하면 된다는 말씀입니다."

"자네가 나를 도우려는가?"

권람은 대답하지 않았다.

수양은 초조한 듯 권람의 손을 잡아당겼다.

"오늘 나와 장난하려는가. 나는 오직 자네를 믿는다네. 나를 도우려는가?"

그래도 권람은 침묵하였다.

"왜 대답이 없는가? 내 인물이 부족한가, 아니면 내 정성이 미치지 못한가?"

수양의 얼굴은 더욱 간절해졌다.

그제야 권람은 자리에서 약간 몸을 옮기며 말했다.

"나리께서 그처럼 소인을 믿으신다면, 인생은 의

기에 감동한다 하였으니 소인이 견마의 힘을 다하겠사옵니다."

권람의 허락을 듣자 수양은 크게 만족하여 다시 한 번 그의 손을 힘주어 잡고 술잔을 들었다.

문종이 임종한 이때에 술을 마신다는 것은 충과 효의 도리로 보아 마땅하지 않은 일이다. 그러나 두 사람의 생각은 달랐다.

수양은 충효라는 것은 남이 나에게 지켜야 할 도리라 여겼고, 권람은 충효도 형편에 따라 달라질 수 있는 것이라 여겼다. 두 사람은 서로의 속마음을 굳이 밝히지 않았으나 생각의 바탕은 이미 비슷한 곳을 향하고 있었다.

술이 한 순배 돌았다.

수양이 입을 열었다.

"자네 말대로라면 잘하면 된다 하였네. 무엇을 어찌하면 된다는 말인가."

권람은 잠시 생각하는 듯 고개를 숙였다가 천천히 말했다.

"큰일은 먼저 제거할 것을 제거한 뒤에야 이루어

지는 법입니다."

"제거라니, 무엇을 말하는가."

"사냥과 같습니다. 산을 흔들어 놓고는 짐승을 잡을 수 없습니다. 몸을 숨기고 겨누었다가 번개같이 쏘아야 합니다."

수양의 눈빛이 번뜩였다.

"꼭지를 먼저 따야 한다는 말인가."

권람이 수양의 눈을 바로 보며 말했다.

"나리께서 더 잘 아시지 않습니까."

잠시 침묵이 흘렀다.

수양은 술잔을 내려놓고 낮은 목소리로 물었다.

"자네 생각에는 누구를 먼저라 하는가."

권람은 바로 대답하지 않았다. 마치 그 이름을 입에 올리는 것조차 신중해야 한다는 듯 한참을 머뭇거렸다.

"나리께서 이미 마음속에 정하신 이가 있지 않습니까."

수양의 입가에 옅은 웃음이 스쳤다.

"김종서인가."

권람은 술잔을 들며 말했다.

"김종서는 우의정이요, 군권을 쥔 사람입니다. 조정의 기둥이지요. 기둥이 기울면 집이 먼저 흔들립니다."

수양은 말없이 잔을 비웠다.

권람은 말을 이었다.

"이 일에는 세 가지 사람이 필요합니다."

"세 가지 사람이라?"

"모략 있는 자가 있어야 하고, 용력 있는 자가 있어야 하며 그리고 일을 지킬 사람이 있어야 합니다."

"모략 있는 자라면 자네인가."

수양은 반쯤 농담처럼 물었다.

권람은 미소 지었다.

"소인은 작은 재주가 있을 뿐입니다. 모략 있는 사람으로는 한명회만 한 이가 없습니다."

"한명회, 그가 누구인가?"

"한상질의 손자입니다. 나이 서른여덟, 경덕궁 직을 맡고 있습니다."

"벼슬이 궁직이라…. 그가 큰 재주가 있단 말인가."

권람은 정색하고 자세를 고쳐 앉았다.

"재주는 관중에 비길 만합니다. 큰일을 도모하려면 그가 있어야 합니다."

수양은 잠시 생각에 잠겼다.

"관중이라니, 자네 말이 지나친 것 아닌가."

"관중이 없었더라면 제나라 환공도 없었을 것입니다. 인재는 자리에 있지 아니하고 사람을 알아보는 이에게 달려 있습니다."

수양은 고개를 끄덕였다.

"그러면 용사는 누구라 하는가."

권람은 잠시 웃으며 말했다.

"용사는 나리 아니겠습니까."

수양은 그 말에 만족한 듯 웃었다.

"일을 지킬 사람은?"

"일이 이루어진 뒤 지켜 줄 사람이 있어야 합니다. 정인지 같은 이는 절개보다 부귀를 중히 여기는 사람이라 끌어 둘 만합니다."

수양의 눈빛이 더욱 깊어졌다.

술잔이 다시 돌았다.

바람이 처마 끝을 스치는 소리가 들려왔다.

그날 밤 두 사람의 말은 길지 않았다. 그러나 그 속에 담긴 뜻은 길었다. 아직 아무 일도 일어나지 않았으나 이미 마음속에서는 큰일이 시작되고 있었다.

수양은 곧 사람을 보내 한명회를 부르게 하였다.

권람은 조용히 술잔을 내려놓았다.

폭풍은 아직 불지 않았다. 그러나 바람은 이미 방향을 바꾸고 있었다.

4장 어린 하늘 어두워지다

수양대군은 사람을 보냈다. 한명회를 부른 것이다. 그러나 그는 곧바로 오지 않았다.

경덕궁 궁직이 한명회. 그는 누구인가.

그의 나이 서른여덟. 키는 크지 않았으나 눈빛이 매서웠다. 얼굴은 마르고 길었으며 입술은 얇았다. 평소 말수는 적으나 한번 입을 열면 상대의 속을 꿰뚫는 듯하였다. 한상질의 손자로 집안은 본래 명문가였다. 그러나 조상 대의 영광과 달리 그의 처지는 넉넉하지 못하였다. 벼슬이라야 궁직에 불과하여 이름을 떨칠 자리도 아니었다.

젊은 시절 그는 세상에 뜻을 품었으나 뜻대로 되지 않았다. 과거에 급제하지 못하였고 한때는 점술에 의지하여 사람의 길흉을 점쳐 주며 생계를 이었다는 소문도 있었다. 그러나 그것은 허황된 재주라기보다 사람의 마음을 읽는 능력에서 비롯된 것이었다.

그는 사람의 얼굴을 한번 보면 그 마음을 짐작하였다. 말을 오래 듣지 않아도 속뜻을 알아차렸다. 스스로 드러내지 않되 남의 허점을 살피는 데 능하였다.

세상 사람들은 그를 두고 말이 많았다. 재주가 깊다 하기도 하고, 속이 검다 하기도 하였다. 그러나 분명한 것은 큰일을 도모할 만한 기질이 있다는 점이었다.

수양대군은 그 이름을 몇 차례 들은 적이 있었다. 그러나 깊이 생각해 본 일은 없었다. 오늘 권람의 입에서 관중에 비길 만하다는 말을 듣고 비로소 그 존재를 다시 떠올린 것이다.

한참이 지난 뒤 한명회가 사랑채에 이르렀다.

그는 조용히 들어와 예를 올렸다.

"부르셨다 하여 왔사옵니다."

수양은 그를 위아래로 한번 훑어보았다.

"자네가 한명회인가."

"그러하옵니다."

권람은 두 사람을 번갈아 보며 입을 열었다.

"나리, 이 사람이 소인이 말씀드린 그 인물입니다."

수양은 자리를 권하였다. 한명회는 겸손히 앉았다. 잠시 침묵이 흘렀다.

수양이 먼저 물었다.

"자네, 세상이 어떠하다 보는가?"

한명회는 곧바로 대답하지 않았다. 잠시 눈을 내리깔았다가 무겁게 입을 열었다.

"하늘이 기울면 사람이 바로 세우는 법이옵니다."

수양의 눈빛이 번뜩였다.

"기울었다는 말인가."

"세상은 늘 변하는 것이옵니다. 변하는 때를 읽지 못하면 사람도 함께 기우는 법이옵니다."

권람은 옆에서 보일 듯 말 듯 웃었다.

수양은 더욱 가까이 몸을 기울였다.

"자네는 변하는 때를 읽을 수 있는가."

한명회는 고개를 들어 수양의 눈을 똑바로 응시했다.

"사람이 마음을 정하면 길은 보이는 법이옵니다."

말은 짧았으나 뜻은 깊었다.

방 안의 공기가 무거워졌다.

수양은 술잔을 들어 한명회에게 권하였다.

"오늘은 술 한잔 나누세."

한명회는 두 손으로 잔을 받았다.

"감히 사양하지 않겠사옵니다."

술이 돌자 권람이 말을 이었다.

"큰일에는 세 가지 사람이 필요하다 하였습니다. 모략 있는 자, 용력 있는 자, 일을 지킬 자. 오늘 이 자리에 세 가지가 모였사옵니다."

수양은 미소를 지었다.

"자네는 스스로를 어디에 두는가."

권람은 웃으며 말했다.

"소인은 바람을 살피는 사람일 뿐이옵니다."

권람은 수양과 둘이 대화를 나눌 때와는 달랐다. 자세와 말투가 더욱 공손해졌다.

술이 몇 순배 돌았다. 그러나 세 사람 가운데 누구도 취한 기색은 없었다. 말은 낮았으나 마음은 점점 또렷해지고 있었다.

수양이 입을 열었다.

"자네들 말대로라면 먼저 제거할 것을 제거해야 한다 하였네. 그러나 조정의 기둥을 하루아침에 꺾는다는 것이 쉬운 일인가."

한명회가 대답하였다.

"기둥이라 하나 사람의 마음 위에 세워진 것이옵니다. 마음이 흔들리면 기둥도 함께 흔들립니다."

권람이 말을 이었다.

"김종서는 군권을 쥐고 있고 황보인은 정사를 장악하고 있습니다. 겉으로는 나라를 받드는 듯하나 실상은 어린 임금을 등에 업고 권세를 다투는 형세가 아니옵니까."

수양의 얼굴이 잠시 일그러졌다.

"그 말은 곧 나를 막고 있다는 뜻인가."

한명회는 직접 답하지 않았다.

"큰물이 흐를 때에는 먼저 물길을 트는 자가 이깁니다. 물을 막고 서 있는 자는 결국 떠내려가게 마련이옵니다."

방 안의 등불이 후루룩 흔들렸다.

수양은 잔을 내려놓고 낮은 목소리로 말했다.

"명분이 있어야 한다."

권람이 곧 받았다.

"명분은 만드는 것이옵니다. 하늘이 내린 것이라 하나 사람의 손을 거치지 아니하면 드러나지 않습니다."

수양은 깊이 숨을 들이켰다.

"어린 임금을 위한다는 이름으로 움직일 수 있겠는가."

한명회가 고개를 끄덕였다.

"나라를 어지럽히는 무리를 제거한다는 말이면 족하옵니다."

"무리라."

수양의 입술이 굳게 다물렸다.

잠시 침묵이 흘렀다.

권람이 다시 말을 꺼냈다.

"일은 번개같이 이루어져야 합니다. 오래 끌면 소문이 나고, 소문이 나면 마음이 흩어지옵니다."

"그러면 언제라 하는가."

수양의 목소리는 더 낮아졌다.

한명회가 또렷이 말했다.

"때는 이미 가까이 왔사옵니다. 궁 안팎이 어수선하옵니다. 사람들의 눈이 분산되어 있을 때가 아니겠습니까."

수양은 아무 말 없이 두 사람을 차례로 바라보았다.

"자네들은 목숨을 걸 수 있는가."

권람이 먼저 답했다.

"이미 이 자리에 앉은 이상 물러날 길은 없사옵니다."

한명회도 말했다.

"뜻이 정해지면 몸은 따르는 법이옵니다."

수양은 자리에서 일어나 방 안을 몇 걸음 걸었다. 그의 발걸음이 무겁게 울렸다.

"내가 나서면 반드시 피를 볼 것이네."

권람은 담담히 말했다.

"큰일에는 피가 따르는 법이옵니다."

"피를 감당할 수 있는가."

"감당하지 못하면 시작하지 말아야 하옵니다."

수양은 다시 자리에 앉았다. 눈빛이 달라져 있었다. 망설임이 걷히고 결기가 서려 있었다.

"좋다."

짧은 한마디였다.

그 말이 떨어지는 순간 세 사람의 마음속에서 무엇인가 굳어졌다.

한명회가 조용히 덧붙였다.

"일을 이루려면 사람을 미리 정해 두어야 합니다. 군사와 문신 각각 마음이 맞는 자를 고르셔야 하옵니다."

권람이 고개를 끄덕였다.

"그리고 일을 치른 뒤의 방책도 함께 세워 두셔야

합니다. 일이 이루어진 뒤가 더 중요하옵니다."

수양은 한참 동안 아무 말도 하지 않았다. 등불 아래 그의 그림자가 길게 드리워졌다.

밖에서는 바람이 세차게 불어 나뭇가지 부딪치는 소리가 났다.

방 안의 공기는 더욱 무거워졌다.

수양은 한동안 말이 없었다. 눈을 감았다가 천천히 떴다. 그의 얼굴에는 분노와 망설임이 엇갈리고 있었다.

"김종서는 선왕을 오래 섬긴 사람이다."

낮게 내뱉은 말이었다.

권람이 곧 받았다.

"선왕을 섬긴 공이 있다 하나 지금의 형세를 어지럽힌다면 그 공이 덕이 되지 못하옵니다."

한명회도 조용히 덧붙였다.

"공은 지나가고 형세는 지금에 있습니다."

수양은 고개를 들었다.

"형세라."

그는 스스로에게 묻듯 말했다.

"내가 움직이지 않으면 어찌 되는가."

권람은 한 치도 물러서지 않았다.

"움직이지 않으시면 남이 움직일 것입니다. 물은 낮은 곳으로 흐르지만 길을 트는 자가 방향을 정하옵니다."

수양의 눈빛이 다시 매서워졌다.

"내가 나서면 역적이라 할 것이다."

한명회가 고개를 들고 말했다.

"승자는 역적이 되지 않사옵니다."

짧은 한마디였다.

수양은 자리에서 일어나 창가로 걸어갔다. 밤공기가 창틈으로 스며들었다. 그는 어둠 속을 바라보았다.

"어린 조카를 어찌하란 말인가."

그의 목소리는 조금 떨렸다.

권람이 대답하였다.

"어린 임금을 위한다는 이름으로 움직이시면 됩니다. 조정을 바로 세운다 하시면 누가 감히 다투겠사옵니까."

"바로 세운다."

수양은 그 말을 되뇌었다.

"지금은 황보인과 김종서가 조정을 장악하고 있습니다. 대군께서 나서지 않으시면 모든 권세가 그들 손에 쏠릴 것이옵니다."

한명회의 말은 조용하였으나 단단하였다.

수양은 한참 동안 아무 말도 하지 않았다. 등불이 꺼질 듯 바람에 흔들렸다.

마침내 그는 돌아서며 말했다.

"좋다. 그러나 서두르지 않는다. 사람을 더 살피고 때를 보겠다."

권람은 고개를 저었다.

"때는 길지 아니하옵니다."

"알고 있다."

수양은 단호하게 말했다.

세 사람은 다시 잔을 들었다. 술은 이미 식어 있었다.

그날 밤 대화는 더 이어졌다. 군사 동원 문제, 궁궐 출입, 신뢰할 만한 무관의 이름, 각자의 역할이 조용히 오갔다. 그러나 그 모든 것은 아직 말뿐이었다. 칼은 뽑히지 않았고 군사는 움직이지 않았다.

다만 마음이 먼저 움직였을 뿐이었다.

새벽이 가까워지자 권람이 자리에서 일어났다.

"이만 물러가겠사옵니다."

한명회도 함께 일어났다.

수양은 두 사람을 문밖까지 배웅하였다.

문이 닫히자 방 안에는 적막만 남았다.

수양은 혼자 서서 한동안 움직이지 않았다. 그의 얼굴에는 결심과 불안이 함께 어렸다.

등불은 거의 다 타들어 가고 있었다. 방 안에는 술 냄새가 엷게 남아 있었다.

"승자는 역적이 되지 않는다."

한명회의 말이 귓가에 맴돌았다.

수양은 천천히 자리에 앉았다. 문종의 마지막 모습이 떠올랐다. 병색이 짙은 얼굴, 세자의 등을 쓰다듬던 손 그리고 마지막으로 남긴 부탁의 말….

"이 아이를 부탁한다."

그 말이 가슴을 스쳤다.

수양은 눈을 감았다.

"나는 무엇을 하려는가."

잠시 그의 마음이 흔들렸다.

그러나 곧 권람의 말이 뒤따랐다.

"움직이지 않으시면 남이 움직일 것이옵니다."

조정은 이미 황보인과 김종서의 손에 쥐여 있었다. 어린 임금의 이름 아래 모든 명령이 그들의 뜻을 따라 움직이고 있었다. 수양은 그것을 지켜보아 왔다.

"내가 나서지 않으면 영영 기회를 잃는다."

그는 스스로에게 말했다.

밖에서 새벽닭이 울었다.

밤이 걷히고 있었다.

수양은 자리에서 일어나 창을 열었다. 차가운 새벽 공기가 방 안으로 밀려들었다. 먼 하늘이 희미하게 밝아오고 있었다.

"때를 기다린다."

그는 낮게 중얼거렸다.

그러나 기다림은 길지 않을 것이었다.

그날 이후 수양대군의 집은 겉으로는 아무 일도 없는 듯하였으나 속으로는 사람을 살피고 마음을 재는 일이 이어졌다. 가까이할 사람과 멀리할 사람을 가려 두기 시작하였다.

권람은 때때로 찾아와 조용히 형세를 전하였다. 한명회도 드물게 모습을 보이며 말을 아꼈다. 세 사람은 자주 만나지 않았으나 만나지 않아도 뜻은 이어져 있었다.

수양대군 집이 조용한 대신 한명회 집은 갑자기 사람들 발길이 분주해졌다. 수양대군 집에서 멀지 않은 곳이었다. 물론 수양대군이 마련해 준 집이었다.

사거리에서 반찬가게를 하는 아주머니가 마을 아낙에게 수군거렸다.

"한 생원 집에 갑자기 웬 사람이 저렇게 많이 다니는지 모르겠네."

그런데 드나드는 인물이 하나같이 의관이 의젓한 위인이 없었다. 숭앙하는 임금이 죽어 국상 중인데도 백립 하나 변변히 쓴 사람이 없었다. 오가는 사람 꼴을 보니 해진 옷차림에 땅꾼 같은 행색도 보였다.

그러나 누군들 알았으랴. 일 년이 못 되어 그 행색들이 좌명공신, 익대공신, 무슨 무슨 부원군 하는 대감들이 될 줄 꿈엔들 알았으랴.

조정은 겉으로는 여전히 평온하였다.

어린 임금은 조회에 나아가고 대신들은 예를 갖추어 아뢰었다. 경연에서는 글이 읽히고 궁궐 뜰에는 봄빛이 스며들고 있었다. 그러나 보이지 않는 곳에서 형세는 조금씩 기울고 있었다.

김종서는 여전히 군권을 쥐고 있었고 황보인은 조정의 중심에 서 있었다. 그들은 자신들이 나라를 바로 세우고 있다고 믿었다. 어린 임금을 보필하는 것이 곧 충이라 여겼다.

수양대군의 마음은 하루하루 달랐다.

그는 스스로를 조정을 바로 세울 사람이라 생각하였다. 두 뜻은 아직 부딪치지 않았다. 그러나 부딪침은 피할 수 없는 일이 되어 가고 있었다.

매일매일 맞는 새벽빛이 달랐다.

수양은 옷을 여미고 밖으로 나섰다.

어제와 같은 궁궐이었으나 그의 눈에는 어제와 다르게 보였다.

아직 아무 일도 일어나지 않았다.

그러나 이미 마음속에서는 칼이 뽑혀 있었다.

5장 수양, 날개 달다

세종대왕의 적장손이자 문종과 현덕왕후의 적장자로 태어난 왕세손 이홍위. 태어나자마자 하루 만에 어머니를 잃은 갓난아기였다. 그날부터 동냥젖을 먹고 자란 원손은 열두 살 어린 나이에 보위에 올랐다.

부왕 문종이 승하한 지 나흘이 지난 1452년 6월 14일(음력 문종 2년 5월 18일), 조선의 여섯 번째 임금이 되었다.

단종은 조선의 임금이었지만, 궁궐 안에서는 세상에 홀로 남겨진 고아와 다름없었다. 그러나 그는 열두 살 어린아이이기 전에 나라의 주인이었고, 만 백성의 어버이인 임금이었다.

왕의 자질이 있든 없든, 임금 자리가 불안하든 안전하든 하루하루 정사는 숨 막히게 돌아갔다. 문득 천진한 장난기가 솟아날 때도 있었지만 그럴 때마다 늙은 대신들은 할아버지나 아버지가 타이르듯 공손히 아뢰었다.

"전하, 그러시면 아니 되옵니다."

한결같은 '황송하오나'였다.

다행스러운 일도 있었다. 어린 임금을 위하여 동갑이거나 한두 살 위아래 되는 계집아이 넷을 나인으로 뽑아 항상 곁에서 시중들게 하고 장난 동무가 되게 하였다. 나인이라 하지만 이런 경우에는 그 뒤에 큰 세력이 따르기 마련이었다. 그 네 아이 가운데에는 양반집 딸이 둘이나 있었다. 훗날 왕비를 간택할 때 뽑히기만 하면 그 아이의 아버지는 국구가 되어 한때 권세를 누릴 수 있기 때문이다.

그 양반집 두 딸은 판돈녕부사 송현수의 딸과 의정부 우참찬 정인지의 조카딸이었다. 두 아이는 모두 단종보다 한 살 위로 열네 살이었다. 덕성은 자라난 뒤에야 알 수 있겠지만 재색이 뛰어나다는 평을 들었다.

이처럼 지체 높고 세력 있는 집안에서 딸을 궁녀로 들여보내는 일은 흔하지 않았다. 그러나 이때에는 사실상 왕후 후보자와 다름없었다.

왕도 이 어린 궁녀들을 좋아하였다. 꽃송아리 같은 아름다움이나 얌전함, 영리함을 따지기보다 또래 동무로 정이 드는 것은 자연스러운 일이었다. 그 가운데에서도 왕은 송씨와 정씨를 더욱 가까이하였다.

문종이 세상을 떠난 지 다섯 달이 지났다.

백악산에 낙엽이 날리고 찬 바람이 부는 시월이 되었다.

조정에서는 단종의 즉위를 알리는 사신을 명나라에 보내는 일을 의논하였다. 당시에는 명나라 조정에 얼굴을 익히는 것이 조선에서 세력을 다지는 데 매우 중요했으므로, 누가 사신으로 갈 것인가가 큰 문제였다.

정전에는 삼정승과 여러 대신이 모였다. 수양, 안평, 금성 등 여러 대군도 자리에 함께 하였다. 대신들과 종친이 서로 의견을 겨루다가 마침내 종친 쪽이 우세해져 수양대군이 사신으로 가게 되었다. 이렇게 종친의 기세가 오르게 된 데에는 사연이 있었다.

새 왕이 즉위하자 대사헌 기건이 상소를 올렸다. 대군들이 궐 안에 드나들며 정원을 거치지 않고 국정에 간섭하니, 문하에 사람을 모아 정사를 의논하는 일을 금해 달라는 내용이었다. 어린 임금을 빌미로 숙부들이 권력을 휘두를 염려가 있다는 뜻이었다. 뜻있는 이들은 그의 주장을 옳다고 여겼다. 삼정승도 좋은 방책이라 하여 그대로 시행될 듯하였다.

만일 그렇게 되었더라면 수양대군을 비롯한 여러 대군은 궁궐에 들어와 어린 임금을 가까이하지 못했을 것이다. 집에 머물더라도 정치적 모임을 만들거나 정권을 쥔 사람들과 왕래하기 어려웠을 것이다.

그러나 영의정 황보인은 '금분경안'(수양대군이나 다른 대군들이 궁중을 마음대로 출입하지 못하도록 함)을 바로 시행하지 않았다. 수양대군을 두려워했기 때문이다.

기건의 상소 내용은 도승지 강맹경을 통해 수양대군의 귀에 들어갔다. 수양대군은 곧 한명회와 권람을 불러 대책을 의논하였다.

한명회는 자리에서 벌떡 일어났다.

"이 일은 반드시 막아야 합니다. 기건의 말대로 된다면 종친은 손발이 묶인 채 갇혀 있는 것과 다름없습니다."

한명회의 말은 수양대군의 성미를 자극하였다.

"그러면 어찌해야 한단 말이오. 기건의 말을 다들 옳게 여기는 듯하니. 지금 형편에 내가 한마디 말한들 통할 리도 없고…. 괴이한 일이로군."

수양대군은 답답한 듯 탄식하였다.

한명회는 조금 전과는 달리 엷은 웃음을 띠었다.

"가만 생각하니 그리 크게 염려하실 일은 아닌 듯합니다."

그의 눈빛에는 계산이 서려 있었다.

"어렵기는 하나 막을 길이 없지는 않습니다. 기건의 말을 막아 낼 계책이 있으니, 나리께서 이를 쓰시면 됩니다."

"무슨 방도란 말이오. 온 조정이 기건의 말을 옳게 여기는 판에."

천하의 수양대군이 기건을 의식하는 형세였다.

기건의 명성은 드높았다. 대사헌이 된 지 채 일 년도 되지 않아 부정을 일삼던 대신들이 몸을 낮추었다. 그는 강직하고 엄정한 인물이었다. 어린 임금이 있는 이때에 기강을 바로 세워야 한다고 여기며 목숨을 걸고 직분을 다하려 하였다. 이번 금분경안 상소 역시 그가 큰 결심 끝에 내놓은 것이었다.

한명회는 다시 입을 열었다.

"안평대군을 움직이시는 것이 좋겠습니다. 지금 형편으로는 나리 혼자 힘으로 조정을 움직이기 어려울지 모릅니다. 하지만 안평대군과 힘을 합하시면 길이 열릴 수도 있습니다. 또 듣기로는 안평대군과 김종서가 자주 왕래한다고 하고, 조정 각 관서에도 안평대군과 가까운 이들이 적지 않을 것입니다."

말을 마친 한명회는 수양대군의 눈치를 살폈다.

수양대군은 안평대군이라는 말만 들어도 얼굴 빛이 달라졌다. 형님인 자신을 대할 때마다 비웃는 듯, 또는 가엾게 여기는 듯한 그 태도가 못마땅하였다. 게다가 문하에 이름난 문사들을 모아 두고 위세를 떨치는 안평대군을 떠올리면 분을 참기 어려웠다. 그런 안평과 힘을 합하라는 말은 자존심을 건드리는 일이었다. 마치 안평의 힘을 빌려야 한다는 뜻처럼 들렸기 때문이다.

수양대군은 눈살을 찌푸렸다.

한명회는 이를 알고 있었다. 자신의 말이 수양의 속을 불편하게 할 줄 알면서도, 그 불편함이 곧 결심으로 이어질 것이라 생각하였다.

잠시 생각에 잠겨 있던 수양대군이 입을 열었다.

"안평이 내 말을 따를 것 같은가?"

말끝에는 여전히 분기가 남아 있었다.

"그 점은 염려하지 않으셔도 될 듯합니다. 나리께서 안평대군에게 직접 지시하듯 말씀하시면 자존심 강한 그분이 따르지 않을 수도 있습니다. 하지만 이

번 일은 나리만의 일이 아니라 종친 전체에 관한 일입니다. 기건이 종친의 궁 출입을 막겠다는 것은 종친을 의심하는 것이며, 특히 그 가운데 세력이 큰 안평대군을 의심하는 것이라 말씀하시면 안평대군도 가만히 있지 못할 것입니다."

한명회의 계책을 듣고 수양대군의 얼굴에는 서서히 기색이 돌았다.

"자준, 이는 참으로 묘책이로군. 과연 자네 말이 옳도다. 그렇지 않은가?"

수양대군이 권람을 돌아보았다.

"자준의 말이 타당합니다."

권람도 고개를 끄덕였다.

한명회의 계책은 그대로 실행되었다.

수양대군은 안평대군을 만나 금분경안의 자초지종을 전하였다. 안평대군은 반쯤은 수양의 말에 이끌려 마침 영의정 황보인과 우의정 정분이 국사를 논하고 있던 자리로 함께 찾아갔다. 이날 좌의정 김종서는 자리에 없었다.

수양과 안평 두 대군이 왔다는 말을 듣고 두 대신

은 놀라며 맞이하였다.

인사를 마치자마자 수양대군이 노기를 띠며 물었
다.

"대감께서는 무슨 까닭으로 종실을 의심하시오?"

황보인은 그 말의 뜻을 짐작하였으나 모르는 체
하였다.

"나리, 그게 무슨 말씀이옵니까. 소인이 어찌 종실
을 의심하겠습니까?"

"우리의 궁 출입을 금한다 하니, 그것이 우리를
의심하는 것이 아니고 무엇이오? 그렇다면 우리가
무슨 낯으로 세상에 나서겠소?"

수양대군은 말할 틈을 주지 않았다.

"혹시 오해가 있지 않은지 먼저 대감께 묻는 것이
오. 그렇지 않다면 우리 형제는 상감께 아뢰어야 할
것이오."

그의 위세는 매서웠다.

황보인은 본래 순한 노인이어서 수양의 기세에
적잖이 위축되었다.

"그럴 리가 있겠습니까. 소인은 전혀 모르는 일이

옵니다.”

황보인은 정분을 바라보았다. 정분 또한 온순하여 수양대군의 기세에 주춤할 수밖에 없는 인물이었다.

“아마 사헌부에서 경솔하게 그런 말을 올린 듯합니다.”

정분이 황보인을 거들었다. 곁에 있던 도승지 강맹경도 나섰다.

“대사헌 기건이 그런 상소를 올린 모양입니다.”

마치 승정원에서는 알지 못하는 일인 듯 둘러댔다. 실상 그 내용을 먼저 수양대군에게 전한 이가 강맹경이었지만 말이다.

“그렇다면 다행이오.”

수양대군의 노기가 조금 누그러졌다.

“그래서 먼저 대감께 여쭌 것이오.”

이렇게 하여 금분경안 문제는 한명회의 계책대로 잠잠해졌다.

이후 수양대군은 거리낌 없이 궁중을 드나들고, 자택 사랑에는 많은 문객을 모았다. 감히 이를 문제

삼는 이도 없었다.

수양대군의 기세가 한층 높아진 때, 조정에서는 명나라 사신 문제를 논의하게 되었다. 본래 대군이 참석할 자리는 아니었으나 수양대군은 여러 대군을 데리고 기세 좋게 정전에 나왔다.

어린 임금은 거의 본능적으로 숙부들, 그 가운데서도 수양대군을 불편하게 여겼다. 그러나 부득이하게 들어오는 것을 물리칠 수는 없었다.

"이번에 명나라에 사례사로 누구를 보내는 것이 좋겠소?"

임금의 물음에 대신들은 서로 눈치만 보며 침묵하였다. 수양대군이 가기를 바란다는 것을 알았기 때문이다. 섣불리 다른 이를 천거하였다가 미움을 살까 두려웠고, 그렇다고 임금과 자신들 모두 마음에 두지 않는 수양을 선뜻 천거하기도 꺼려졌다.

이처럼 중대한 사안에 명나라 사신으로 갈 자격은 삼공이나 대군 가운데서 정해지는 것이 마땅하였다. 삼공 가운데서 뽑는다면 영의정 황보인은 나이가 여든이니 갈 수 없고, 좌의정 김종서나 우의정 정분 가운데 한 사람이 적임이었다. 인물과 경력을 따지면 김종서가 가는 것이 당연해 보였다. 또 대군 가운데서 정한다면 문장과 식견으로 보아 안평대군이 가장 알맞은 인물이었다.

"김종서가 합당한 줄 아뢰오."

"안평대군이 합당한 줄 아뢰오."

이렇게 두 사람 가운데 한 명을 천거한다면 누구도 쉽게 반대하지 못할 터였다.

마침내 김종서가 입을 열었다.

"이번 사신으로는 안평대군이 가장 합당한 줄로 아뢰옵니다."

김종서의 말이 떨어지자 황보인을 비롯한 여러 대신들은 안도의 숨을 쉬었다. 곤란한 일을 김종서가 대신 떠맡아 준 셈이었기 때문이다.

만일 이때 단종이 "그러면 숙부가 다녀오시오." 하고 곧장 안평대군을 지목하였다면 일은 그 자리에서 정해졌을 것이다.

그러나 왕의 마음에는 다른 생각이 있었다. 그는 매부, 곧 경혜공주의 남편인 영양위 정종을 천거하

고 싶었다. 어린 마음에 누이 경혜공주에 대한 정이
깊었고, 그 남편인 정종 또한 각별히 아꼈기 때문이
다.

이런 속마음이었기에 김종서가 안평대군을 천거
하였을 때 왕은 묵묵히 대답하지 않았다.

그러나 정종을 천거하는 이는 아무도 없었다.

왕이 말을 아끼는 모습을 보고 대신들은 어린 임
금의 속마음을 어림짐작하였다.

그때 수양대군이 나섰다.

"신이 다녀오겠습니다."

스스로를 천거한 것이다.

단종은 옥좌에서 놀란 듯 작은 몸을 움직였다. 가
장 꺼리고 두려워하던 숙부를 명나라에 보내는 일
은 결코 바라지 않았기 때문이다.

단종은 두려웠지만 아무 답을 내놓지 않았다.

수양대군은 잠시 머쓱한 표정으로 물러섰다.

그 순간을 놓치지 않겠다는 듯 단종이 대신들을
둘러보며 말했다.

"영양위 정종은 어떠하오?"

말을 꺼낼 때 왕의 얼굴은 붉어졌다.

왕의 말에 대신들은 서로 눈치만 살폈다. 수양대군의 관자놀이에는 굵은 핏줄이 도드라졌다. 전 안에 싸늘한 기운이 돌았다.

잠시 후, 형세를 살피던 우참찬 정인지가 침묵을 깨고 나섰다.

"신 정인지 아뢰옵니다. 이번 사신은 상감께서 즉위하신 뒤 처음으로 보내는 사신이옵니다. 식견과 경력을 갖춘 이를 보내는 것이 마땅하옵니다. 영양위 정종은 차차 경력을 쌓은 뒤에 보내는 것이 좋을 것이옵니다. 수양대군께서는 대행 대왕 즉위 시에도 명나라에 다녀오신 적이 있고, 종실 가운데 지위도 높으시니 수양대군을 보내심이 가장 옳은 줄로 아뢰옵니다."

정인지의 말은 또렷하였다.

그 말을 듣자 단종의 얼굴은 더욱 붉어졌다.

수양대군은 조용히 정인지를 바라보았다.

정인지의 논리는 분명하였다. 앞뒤를 헤아려 말한 것이었으므로 반대하기 쉽지 않았다.

단종은 불안한 듯 좌우를 둘러보았다. 금방이라도 눈물이 터질 듯한 표정이었다.

이때 좌참찬 허후가 나섰다.

"수양대군이 명나라에 사신으로 가신다는 것은 적절치 아니하옵니다. 아직 재궁이 빈전에 모셔져 있사온데, 종신이신 대군께서 나라를 떠나시는 것은 마땅하지 아니하옵니다."

허후의 말도 일리가 있었으나 그를 돕는 이는 없었다. 결국 정인지의 의견대로 수양대군이 명나라에 가기로 결정되었다.

그날 밤, 수양대군은 정인지가 자신을 두둔해 준 일을 크게 여겼다. 그는 미행으로 정인지의 집을 찾아가 다짜고짜 안으로 들어가 정인지의 손을 붙잡았다.

"대감, 나와 혼인합시다."

정인지에게는 혼인할 자녀가 없었으므로 처음에는 그 뜻을 알아차리지 못하였다. 잠시 머뭇거리다가 수양대군의 진의를 깨달았다.

"그렇게 하겠습니다."

한마디로 응하였다.

여기서 말한 혼인은 실제 혼례를 뜻하는 것이 아니라 뜻을 함께하자는 의미였다.

수양대군은 권람의 말을 떠올리며 정인지를 자기편으로 끌어들인 것을 만족스럽게 여겼다. 정인지 또한 판세가 바뀔 조짐을 읽고 수양대군과 손을 잡은 것이었다.

수양대군은 공조판서 이사철을 부사로 삼고, 집현전 교리 신숙주를 종사로 삼아 연경으로 향하였다. 신숙주를 택한 데에는 이번 길에 그 재주 있는 학사를 완전히 자기 사람으로 만들겠다는 뜻이 담겨 있었다. 이 밖에도 영의정 황보인의 아들 황보석과 좌의정 김종서의 아들 김승규를 수행원으로 데리고 갔다. 여기에도 속셈이 있었다.

권람은 수양대군이 명나라에 가게 되었다는 말을 듣고 놀라 만류하였다.

"나리, 지금 황보인과 김종서 쪽에서 나리를 의심하는 눈치입니다. 이때 나라를 떠나시면 큰일이 어그러질까 두렵습니다."

수양대군은 웃으며 답하였다.

"염려할 것 없네. 안평은 내 상대가 아니고, 황보인이나 김종서도 큰 인물은 아니네. 세상에서 김종서를 범이라 부르지만 요즘은 기세가 예전 같지 않네. 게다가 내가 황보석과 김승규를 데리고 가니 그들도 함부로 움직이지 못할 것이네."

실제로 황보인과 김종서는 이듬해 계유년 2월, 수양대군이 명나라에서 의기양양하게 돌아올 때까지 별다른 대응을 하지 못하였다. 오히려 수양대군이 돌아오는 날 백관을 거느리고 모악원까지 나아가 정중히 맞이하였다.

명나라에 다녀온 뒤로 수양대군의 세력은 흔들 수 없게 되었다. 날로 서슬이 푸르렀다. 황보인, 김종서, 정분은 명색은 삼공이었으나 수양대군이 두려워 뜻대로 국정을 처리하지 못하였다. 중대한 일을 처리할 때에는 승지를 수양대군에게 보내어 그 뜻을 묻게 되었다. 수양대군은 날마다 궐내에 들어와 모른 체하며 지나치는 것 없이 크고 작은 일에

참여했다. 왕도 이를 어찌할 힘이 없었다.

권람과 한명회는 거의 수양대군의 궁에서 지내다시피 하여 세상 사람들이 두 사람이 수양대군의 칙사임을 알게 되었다.

국상 중임에도 꺼리지 않고 한 달에도 몇 차례씩 모악원과 훈련원에서 활쏘기 대회를 열고 크게 주연을 베풀었다. 모여든 무사들을 먹이고, 특별히 용력이 있거나 무예가 뛰어난 사람은 수양대군이 친히 불러 술을 내리고 상을 주었다.

한명회가 무사를 선발하고 양정과 유수, 홍달손이 훈련을 맡았다. 천하의 잡놈과 팔도 망나니가 모두 수양대군의 궁으로 모인다는 말까지 퍼지고, 골목 아이들은 수양대군에 대한 동요를 부르기도 하였다.

힘쓰는 사람, 키 큰 사람, 달음질 잘하는 사람, 담 넘기 잘하는 사람, 싸움 잘하는 쌈꾼, 거짓말 잘하는 거짓말쟁이, 활 잘 쏘는 자, 칼 잘 쓰는 자, 말 잘 타는 자, 돌팔매 잘 던지는 자, 도둑질 잘하는 도둑, 목소리가 화통처럼 큰 사람, 무엇이든 한 가지 재주가 있는 무리들, 부모에게도 쫓겨나고 동네에서도 밀려난 망나니, 꽁무니에 방망이 하나를 차고 심심하면 사람을 때리고 다니는 패거리들, 노름판과 선술집을 떠돌아다니는 무리들까지 모두 모여들었다.

인왕산을 등진 수양대군의 궁 후원은 무척 넓었다. 활터만 있는 것이 아니라 말을 달리는 마당도 있었다. 마장에는 늘 좋은 말 서너 필이 매여 있었고, 활터에는 여러 가지 재료로 만든 다양한 모양의 활과 화살이 걸려 있었다.

활쏘기를 하는 날에는 대개 사오십 명이 모였으나, 어떤 때에는 백 명 가까이 모이기도 하였다. 수양대군도 권람, 한명회, 홍달손, 양정, 유수 등을 거느리고 활터에 나와 앉았고, 흥이 오르면 손수 활을 당겨 쏘기도 하였다. 수양대군의 활 솜씨는 백발백중이라 할 만큼 이름이 높았다. 태조대왕 이래 처음이라며 아첨하는 이도 있었다. 수양대군이 열여섯 살 적, 형 문종이 그의 활 솜씨를 칭찬한 일도 있을 만큼 활로는 명성이 높았다. 그리하여 무사들은 수양대군을 더욱 숭배하게 되었다.

활쏘기가 끝나면 수양대군은 반드시 한명회 이하 심복이 되는 사람들을 따로 모아 은밀한 의논을 하였다. 그 의논의 내용은 황보인, 김종서, 안평대군 같은 무리를 어떻게 몰아낼 것인가, 무슨 죄명을 씌울 것인가, 어떻게 제거할 것인가 하는 문제였다. 아니면 당당히 무사들을 편성하여 장안을 점령할 것인가, 그리한다면 어떤 형식으로 움직일 것인가 하는 논의도 오갔다. 또 이러한 비밀스러운 움직임을 황보인과 김종서가 알고 있는지, 안평대군의 궁에는 어떤 인물이 드나들며 무슨 이야기가 오가는지, 안평대군과 황보인, 김종서 등 문종의 고명을 받은 조정 대신들 사이에 어떠한 연락과 왕래가 있는지도 살폈다.

이 모든 사정을 염탐하여 들여오는 일도 한명회가 맡았다. 그 아래에서 실제로 움직이는 일은 양정과 유수가 담당하였다.

6장 활 위를 떠난 살이 다시 돌아오는 법은 없다

1453년 11월 10일, 음력 계유년 10월 10일.

첫겨울이라 하기에는 별빛이 유난히 맑고 따뜻한 밤이었다.

단종은 이날을 오래전부터 손꼽아 기다려 왔다.

그가 가장 의지하는 이는 네 살 위 친누나 경혜공주였다. 그녀 역시 어린 나이에 부모를 잃고, 어린 동생이 왕위에 오르는 모습을 지켜보아야 했다. 단종의 삶이 비극이라면 그녀의 일생 또한 조선 왕조 공주들 가운데 가장 굴곡이 심하였다. 공주에서 관비로 떨어졌고, 끝내 머리를 깎고 비구니가 되었다.

이날은 경혜공주의 생일이었다.

단종은 공주의 집 영양위 궁에 거동하기로 하였다.

형제도, 또래 벗도 없는 궁중 생활은 어린 임금에게 숨 막히는 울타리와 같았다. 열세 살이면 한창 뛰놀 나이 아닌가. 내시와 궁녀들과 술래잡기를 하고 윷놀이를 하며 웃어도, 웃음은 오래 머물지 않았다. 잠시 들뜬 기운이 가시면 다시 적막이 내려앉았다.

왕이 이렇게 노는 모습을 우참찬 정인지가 보았다면 글이나 읽으라 타일렀을 것이다. 보기 싫은 좌전을 펼쳐 제환공이며 진문공이며 하는 이야기를 읽었다. 그 가운데 흥미로운 대목도 없지는 않았으나, 더 많은 부분은 멀고 어렵게만 느껴졌다.

아무리 재미있는 글이라 해도 궁녀가 들려주는 이야기책만큼 마음을 사로잡지는 못하였다. 더구나 내시와 나인들과 어울려 가댁질을 하며 뛰노는 일은 그 무엇과도 바꿀 수 없었다.

단종이 글을 싫어한 것은 아니었다. 어린 나이에

도 오언과 칠언을 능숙히 지어 고풍은 물론 절구까지 읊어 문신들의 찬탄을 받았다. 그러나 시도 잠시였다. 마음이 원하는 것은 언제나 장난과 웃음이었다.

조회가 끝나면 단종은 노대신들의 지루한 논의를 뒤로하고 나인들을 불렀다.

"누가 윷 안 노느냐. 나와 놀자. 나를 이기면 상을 주마."

나인들은 임금을 기쁘게 하려 앞다투어 자리를 잡았다.

"상감마마께서 지시면 상을 내리시겠지만, 소인이 지면 어찌하오리까?"

나인이 웃으며 묻자 단종이 눈을 반짝였다.

"네가 지면 이야기를 하나 하여라."

"이야기는 있는 대로 다 아뢰었으니 이제 남은 것이 없사옵니다."

"그렇다면 이야기책이라도 읽어라."

윷판이 벌어지면 저녁 수라가 들 때까지 웃음이 끊이지 않았다.

이 소식이 대신들 귀에 들어갔다. 정인지와, 스스로를 명나라 선비쯤으로 여기는 노신들은 한결같이 같은 말을 올렸다.

"전하께서는 한 나라의 임금이십니다. 내시와 궁녀와 더불어 장난하심은 마땅치 않습니다."

좋은 말도 거듭 들으면 귀에 익어 버린다.

"나도 그 이치는 안다. 그러나 좀 놀면 어떠하냐."

열두 살 소년이 어찌 하루아침에 군주의 무게를 온전히 짊어질 수 있겠는가.

단종의 가슴에는 늘 경혜공주가 자리하고 있었다.

그리운 이들이 모이는 날이라 하니 발걸음이 가벼웠다. 그는 들뜬 마음으로 영양위 궁으로 향하였다.

그러나 이를 달갑게 여기지 않는 신하도 있었다. 왕이 아직 소년이니, 장차 오래 권좌에 머물 것이라 보고 연줄을 대려는 무리들이 영양위 궁에 드나든다는 것이었다.

왕은 잠시라도 쓸쓸한 궁궐을 벗어나고 싶었다.

하루 저녁만이라도 동기들과 허물없이 웃고 싶었
다. 내시들까지 물리고 조용히 윷을 놀고, 이야기를
나누고, 과일을 먹고, 안석에 기대거나 베개를 말아
팔을 베고 누워 다리를 흔들고 싶었다.

그 소년의 소박한 바람을 무엇으로 막을 수 있으
랴.

왕은 이날 유난히 밝아 보였다. 경혜공주와 경숙
옹주 또한 그 기쁨을 지켜 주려 애썼다.

그날 밤 영양위 궁 안방에는 웃음과 온기가 넘쳤
다. 밤이 깊어질수록 정은 더욱 짙어졌다. 상복이
눈에 밟히면 문득 부왕을 떠올려 눈시울이 젖기도
했으나, 은촛대의 불빛 아래에서 그 눈물조차 고요
히 빛났다.

그러나 다른 곳에서는 전혀 다른 기운이 꿈틀거
리고 있었다. 인왕산 아래 수양대군의 궁에는 이
른 아침부터 심상치 않은 기운이 감돌았다. 골목마
다 그림자처럼 문객과 무사들이 스며들었다. 밤 고
양이처럼 눈에 띄지 않게, 그러나 분명한 뜻을 품고
모여들었다.

강곤, 홍윤성, 최윤, 안경손, 유형, 곽연성 등 이름만 들어도 알 만한 자들이었다. 권람, 한명회, 양정, 유수 등은 전날 밤부터 궁에 머물렀다. 임운은 궁노로 드나들고 있었으니 따로 말할 것도 없었다.

이런 모임은 근래에도 더러 있었으나 이날은 달랐다. 이날은 결판을 내기로 한 날이었다. 황보인과 김종서 등 조정 대신들을 제거하고, '정난'이라는 이름 아래 국정을 움켜쥐기로 마음먹은 날이었다.

후원에서는 여느 때처럼 무사들이 술을 마시고 활을 쏘며 떠들고 있었다. 이날은 술이 유난히 넉넉했고 안주 또한 푸짐하였다. 큰 소 한 마리를 통째로 삶았다. 궁핍한 무사들은 웬 떡이냐 하며 마시고 먹었다. 무슨 일이 있으려니 짐작은 했으나 오늘이 바로 그날인 줄은 알지 못하였다.

얼마 전부터 장안에는 수상한 소문이 떠돌았다.

"세상이 뒤집힌대."

"두고 보라지. 해를 넘기지 못할걸."

누가 왕좌에 오르느냐 묻는다면 수양대군이라 하기도 하고, 안평대군이라 하기도 하고, 고려 왕씨의

후손이 다시 들어선다고도 수군댔다.

조정이 이를 모를 리 없었다.

황보인과 김종서 또한 수양대군의 행보를 의심한 것이 하루이틀 일은 아니었다. 무뢰배를 모아 활을 익히고 술을 베푼다는 말이 끊이지 않았다.

"흉한 일이 벌어질까 두렵다."

"설마 어찌하려고 그러겠는가."

"정말 일이 생기면 어찌하나."

늙은 대신들이 모이면 이런 말이 오갔다. 그러나 끝은 늘 같았다.

"그래도 설마."

그 설마가 그들을 무디게 하고 있었다.

오직 김종서만은 사태를 가볍게 보지 않았다. 그는 수하들에게 수양대군의 동정을 감시하게 하고, 변고가 일어나면 어떻게 막을지 의논하였다. 더 나아가 역모의 기미가 분명해지면 상감께 아뢰어 수양대군을 단호히 처치할 방도까지 논하였다.

무사들이 후원에서 술에 취해 떠드는 동안, 안방에서는 한명회, 권람, 홍달손 등 핵심 인물들이 모여 은밀히 의논하고 있었다. 계획이 새어 나간 듯하니 어떻게 할 것인가가 화두였다.

지체하지 말고 궐로 들어가 상감께 황보인과 김종서 일파가 역모를 꾀한다고 아뢰고, 왕명을 받아 천하에 호령하는 것이 가장 번듯하다는 말이 나왔다. 그렇게 하면 명분도 세우고 일도 수월히 풀릴 것이라 여겼다.

그러나 수양대군은 말이 없었다. 그는 허공을 응시한 채 결단을 재고 있었다.

그때 홍윤성이 벌떡 일어섰다.

"이러다가는 죽도 밥도 안 됩니다. 해 보는 게지, 여기 앉아 말만 하다가는 역적 누명만 쓰고 맙니다. 다들 싫으시면 제가 혼자 가서 그 늙은 자들을 처치하겠습니다."

방 안의 공기가 일순 굳어졌다. 살기가 서렸다.

수양대군이 천천히 일어났다.

"가자. 활 위를 떠난 살은 다시 돌아오지 않는다."

몇몇 수하가 다급히 소매를 붙들었다.

"나리, 아니 됩니다. 이러시다가는 대사는 못 이루

고 봉변만 당할 것입니다.”

수양대군의 얼굴이 굳어졌다. 평소 큰소리치던 자들이 막상 일이 닥치니 물러서려는 모습이 몹시 못마땅하였다.

“비켜라. 억지로 따르라 한 적 없다. 따르기 싫은 자는 가라. 대장부가 죽으면 나라를 위해 죽는 것이다. 나 혼자 가겠다. 놓아라!”

그는 벽에 걸린 활을 어깨에 메고 칼자루를 움켜쥐었다.

“머뭇거리는 자는 먼저 베겠다.”

붙드는 자를 발로 밀치고 노기등등하여 중문을 나섰다.

곧 한명회가 후원으로 달려 나가 무사들에게 거사를 알렸다. 공을 세우면 높은 벼슬과 많은 녹을 내리겠다고 하였고, 겁을 먹고 달아나거나 밀통하는 자는 군법으로 엄히 다스리겠다고 경고하였다.

어중이떠중이 무사들 가운데는 환호하는 자도 있었으나 대부분은 눈이 휘둥그레지고 무릎이 떨렸다.

‘이곳이 역적의 소굴이었단 말인가.’

혼비백산하여 달아나려는 자도 적지 않았다. 술과 품삯을 얻으러 왔을 뿐이었다.

한명회는 각 문을 굳게 닫고 출입을 금하였다. 담을 넘거나 달아나려는 자는 묻지도 말고 베라고 명하였다.

“이제 우리는 살면 함께 살고, 죽으면 함께 죽는다. 성공하면 공신이요, 실패하면 역적이다. 대군께서 김종서를 잡으러 가셨다. 무사히 돌아오시면 일은 이미 상당히 이루어진 것이다. 그때까지 군법을 엄히 시행하겠다.”

해는 인왕산 너머로 기울고, 시월 초열흘 달은 둥글게 차올라 변고를 앞둔 서울을 비추고 있었다.

그 시각, 서대문 밖 김종서의 집에는 늘 그렇듯 문객의 발길이 끊이지 않았다. 의정부 좌의정이라는 높은 지위 때문만은 아니었다. 삼척동자에게 물어도 지금 조선에서 첫째가는 인물을 꼽으라면 김종서라 할 만큼 그의 위세와 명망은 널리 퍼져 있었다. 영의정 황보인은 이름뿐이고 실권은 김종서에게 있다는 말이 공공연히 돌았다. 호랑이 김 정승이 살아 있는 동안에는 감히 맞설 자가 없다고 하였다.

안평대군 또한 절재를 깊이 존경하여 한 달에 한 번은 몸소 김종서의 집을 찾아 예를 표하였다. 이것이 훗날 수양대군이 김종서를 공격하는 빌미가 되었다. 김종서가 안평대군을 추대하여 사직을 위태롭게 한다는 말이 돌게 된 연유였다.

김종서는 그야말로 문무를 겸비한 인물이었다. 두만강 일대의 여진을 물리치고 육진을 완성한 공로는 조선이 오래도록 기억해야 할 일이었다. 그때에도 시기하는 무리들이 있어 육진 개척은 무모하다며 그를 나라를 위태롭게 하는 자로 몰아세우려 하였다. 그러나 세종 같은 밝은 임금을 만났기에 그의 공은 온전히 인정받을 수 있었다.

육진 성 쌓기를 마치고 개선하던 날, 세종은 내전에 잔치를 베풀고 김종서의 손을 잡으며 말하였다.

"내가 아니면 종서가 이 일을 할 수 없고, 종서가 아니면 내가 이 일을 할 수 없다."

문종이 승하할 때 어린 세자를 부탁하며 가장 믿

은 이도 김종서였다. 어린 임금이 즉위한 뒤 어지러운 정국을 바로잡을 자로 상하가 한결같이 김종서를 꼽았다.

그렇기에 수양대군에게 가장 큰 장애는 김종서였다. 한명회가 거듭 일러바친 인물도 그였고, 근 일 년을 두고 꾸민 계책의 중심 또한 김종서 한 사람을 어떻게 제거할 것인가에 모아져 있었다. 수양대군이 옷소매를 붙드는 수하를 발길로 차고 뛰어나간 곳도 바로 그의 집이었다.

그날 대궐에서 물러난 김종서는 어린 손자들과 마루에서 장난을 치고 있었다. 나라의 중신이었으나 집 안에서는 다정한 할아버지였다.

해가 금화산 위로 기울 무렵, 홍윤성이 대문 앞에 나타났다.

김종서의 아들 승규는 홍윤성이 수양대군의 문하에 드나든다는 말을 들은 터라 마음속으로 경계를 늦추지 않았다. "수상한 자다." 하고 눈빛이 매서워졌다.

홍윤성은 그 눈치를 모를 리 없었다. 그러나 아무

렇지 않은 듯 말했다.

"춘부 대감 계시오?"

"계시오만은."

승규의 대답은 차가웠다. 불량해 보이는 사내가 무엇을 꾀하고 온 것인지 속을 가늠하기 어려웠다.

"대감을 뵙고 긴히 드릴 말씀이 있소."

"무슨 일인지 내게 말하시오. 내가 대신 전하리다."

곁에 서 있던 승규의 수하도 철편을 옷 속에서 더듬으며 긴장을 늦추지 않았다.

홍윤성이 누구인가. 양화도 나루에서 배를 건너주지 않는다고 분을 참지 못하고 삿대를 부러뜨려 배 위의 사람들을 쓰러뜨린 일로 이름을 떨친 자였다. 그 힘과 난폭함은 이미 장안에 널리 알려져 있었다. 수양대군의 눈에 띄어 식객이 되었다는 이야기까지 퍼져 있었다. 그 검고 사나운 얼굴과 번뜩이는 눈빛만으로도 사람을 움츠러들게 하기에 충분하였다.

"청을 하러 온 것이 아니오. 사내대장부가 구차하

게 벼슬을 구하겠소? 국가와 대감의 몸에 큰일이 있을 듯하여, 알면서도 가만히 있을 수 없어 온 것이오.”

그 말에는 허풍과 진심이 뒤섞여 있었다.

승규는 잠시 망설이다가 안으로 들어가 아버지에게 아뢰었다.

“홍윤성이라 하는 자가 긴히 드릴 말씀이 있다 합니다.”

김종서는 웃었다.

“그 힘 쓴다는 자 말이냐?”

칠십에 가까운 나이였으나 기운은 여전하였다. 백발 사이로 이가 하나도 빠지지 않았고, 목소리는 쇳소리처럼 쟁쟁하였다.

“양화도에서 뱃사공을 죽인 자라 합니다.”

“수양대군 궁에 드나든다 하던데, 어찌 왔단 말이냐?”

“수상하기는 하나 국가의 큰일이라 하며 아버지 몸에 화가 미칠 조짐이 있다 합니다. 태연하고 흥기를 지닌 기색은 보이지 않습니다.”

“흉기를 지녔다 한들 어찌하겠느냐. 들여보내라. 어디 그 힘이 얼마나 되는지 보자.”

그는 수양대군이 자신을 원수로 여긴다는 사실을 모를 리 없었다. 그러나 그 일로 몸을 사릴 인물은 아니었다.

홍윤성은 안으로 들어섰다. 문턱을 넘는 순간 김종서의 눈빛과 마주쳤다. 그 눈은 노쇠한 자의 눈이 아니었다. 샛별처럼 맑고 날카로웠다.

그 기세에 눌려 홍윤성은 저도 모르게 엎드려 절하였다.

김종서는 술을 내주었다. 홍윤성은 받아 마셨다.

긴히 드릴 말이 있다 하여 왔으나 끝내 입을 열지 않았다. 김종서 또한 더 묻지 않았다. 다만 그의 기골을 칭찬하며 돌려보냈다.

홍윤성은 김종서가 어떤 방비를 하고 있는지 살피러 일부러 찾아온 것이었다.

그가 돌아간 뒤 김종서는 한동안 생각에 잠겼다. 젊은 기운을 마주한 뒤 문득 자신의 나이를 실감한 탓일까.

삭풍은 나무 끝에 불고
명월은 눈 속에 찬데
만 리 변성에 일장검 짚고 서서
긴 파람 큰 한 소리에 거칠 것이 없애라.

여진을 토벌하고 북방에 육진을 개척하여 압록강과 두만강까지 영토를 확장한 영웅이었다.

청춘의 기세를 보며 잠시 스스로의 노쇠를 떠올렸을 뿐이다.

누구 하나 두려울 것 없던 백두산 호랑이 김종서가 아니었던가.

7장 달빛에 비친 편지

김종서가 침울한 마음을 가누고 있을 때 밖에서 승규가 급히 들어왔다.

"아버지, 아버지!"

"또 무슨 일이냐?"

"수양대군이 오셨습니다."

"무엇이? 누가 왔다고?"

김종서는 제 귀를 의심하지 않을 수 없었다. 안평대군은 여러 차례 찾은 적이 있었으나 수양대군이 올 까닭은 없었다.

"수양대군이 오셨습니다."

"수양대군이, 안평대군이 아니고?"

김종서는 승규를 방 안으로 들였다.

"관복을 입고 오셨습니다. 대궐에서 나오는 길인 듯합니다. 눈매가 사나운 자들을 두어 명 데리고 왔습니다. 사랑으로 모시겠다 하였으나 날이 저물어 들지 않겠다 하시고, 아버지께 긴히 하실 말씀이 있으니 잠깐 밖으로 나오시라 합니다. 아까 홍윤성 놈이 왔다 간 일도 그렇고 모두 수상합니다. 조심하셔야 합니다."

승규는 아버지에게 관복을 입혀 드렸다.

"무슨 일일까. 다른 말은 없더냐?"

김종서는 안중문을 나서 대문 안 넓은 마당으로 나갔다.

바깥은 아직 완전히 어둡지 않았다. 수양대군은 양정, 유수, 임운을 거느리고 대문 안에 서 있었다.

김종서는 깊이 절하였고 수양대군은 읍으로 답하였다.

좌우에는 승규와 신사면, 윤광은이 바짝 붙어 섰다. 마치 서로 맞선 형세였다.

“이 누추한 집에 왕림하시니 송구하옵니다. 부디 잠시 사랑으로 드시지요.”

수양대군은 손을 저었다.

“날이 저물어 성문이 닫힐 터이니 오래 머물 수는 없소. 집은 훗날 다시 보리다. 잠깐 물을 말이 있어 왔소. 여기서 한마디만 묻겠소.”

말은 이어지나 두서가 없었다.

수양대군은 관복과 사모를 만지작거렸다. 본디 군복 차림으로 오려다가 한명회의 말에 따라 관복으로 갈아입은 터였다. 군복으로 오면 노상에서 의심을 살 것이요, 김종서 또한 방비를 갖출 것이니 대궐에서 막 나온 모양을 취하는 것이 낫다는 계책이었다.

그때 수양대군이 사모를 고쳐 쓰려 손을 올리는 순간, 오른편 사모 뿔이 땅에 떨어졌다.

“아차, 이게 웬일인가. 왜 부러졌지?”

수양대군은 떨어진 사모 뿔을 들고 흔들었다.

이는 한명회의 계책이었다. 승규가 곁을 떠나지 않으면 사모 뿔을 떨어뜨려 김종서가 아들을 들여

보내게 하라는 꾀였다.

김종서는 그 속을 알 리 없었다.

"황송하오나 제 것을 쓰시지요."

자기 사모 뿔을 빼어 두 손으로 올렸다.

수양대군은 받아 들었으나 표정이 굳었다.

"맞지 않는군. 좀 굵은 것이오."

김종서는 승규를 돌아보았다.

"승규야, 안으로 가 다른 것을 가져오너라. 여러 개 가져오거라."

승규의 가슴이 철렁 내려앉았다. 지금 곁을 떠나는 것은 아버지를 죽음에 내맡기는 일처럼 느껴졌다.

수양대군과 그 곁의 자들을 노려보며 발을 떼지 않았다.

김종서는 아들의 속을 알았다. 그러나 체면과 명령을 거둘 수는 없었다.

"어서 가져오너라."

승규는 신사면과 윤광은을 바라보았다. 두 사람은 뜻을 알아 한 걸음 더 다가섰다.

수양대군은 기회를 엿보았다.

승규가 돌아오기 전에 끝내야 했다.

그러나 김종서의 눈빛이 그를 옥죄었다. 매의 눈처럼 빈틈이 없었다. 수양대군은 일생에 이처럼 위엄에 눌려 본 적이 없었다.

'내가 죄 없는 이를 치려 하는구나.'

한순간 식은땀이 등골을 타고 흘렀다.

'이건 국가 대사이다. 흔들리면 안 된다.'

그는 마음을 다잡고 신사면과 윤광은을 물러서게 하였다.

그리고 소매에서 편지 한 장을 꺼내 내밀었다.

"이것을 보시지요."

김종서는 의심 없이 편지를 받아 달빛에 비추어 읽었다.

시월 초열흘 달빛은 맑고 밝았다. 왼편으로 돌아선 그의 얼굴에 찬 빛이 가득 차고, 사모 테가 번쩍였다.

수양대군은 오른손을 들었다. 군호였다.

임운이 번개처럼 철여의를 뽑아 김종서의 뒤통수

를 내리쳤다.

김종서는 본능적으로 손을 들어 막으려 했으나 두 번째 타격에 사모와 함께 머리가 갈라져 피가 쏟아졌다.

"이런 법이 어디 있소."

그는 수양대군을 한 번 노려보고 쓰러졌다.

임운이 허리를 밟고 난타하는 순간 승규가 뛰어나왔다.

임운의 목덜미를 붙들어 내던지니 땅바닥에 나동그라졌다.

"이놈!"

승규의 발이 번쩍 내리꽂혔다. 임운은 피거품을 물고 숨이 끊어졌다.

그사이 신사면과 윤광은은 양정과 유수에게 쓰러졌다.

유수가 김종서를 마저 치려 달려들자 승규는 철여의를 들어 맞섰다.

"역적 놈아!"

유수의 칼을 비켜 내고 어깨 아래를 내리치니 팔

이 꺾이며 칼이 떨어졌다.

그러나 그 틈에 양정이 김종서를 향해 칼을 내리쳤다.

승규는 몸으로 아버지를 덮었다.

"내가 죽어도 너를 그냥 두지 않겠다!"

칼이 허리를 갈랐다.

달빛 아래 피가 튀었다.

양정의 칼이 승규의 몸을 깊이 가르며 지나갔다.

승규의 몸이 휘청했다.

수양대군은 그 광경을 보며 순간 몸에 소름이 돋았다.

그러나 곧 안도하는 웃음이 번졌다. 두려워하던 부자가 모두 쓰러진 것이다.

달빛 어린 밤, 모든 일은 실로 한순간에 끝났다.

마당은 피로 젖고 칼끝은 붉게 번들거렸다.

수양대군은 몸을 날려 말에 올랐다. 피 묻은 흰 관복 자락이 달빛에 펄럭였다.

양정은 칼에 묻은 피를 승규의 옷자락에 몇 번 문질러 닦고 칼집에 꽂았다. 뒤처질까 급히 말에 올라 수양대군의 뒤를 따랐다.

"나를 어찌하고 가오!"

팔이 부러진 유수의 신음이 뒤에서 들려왔다.

그러나 대사를 앞둔 판에 한 사람을 돌볼 여유는 없었다.

두 사람은 서대문을 향해 말을 달렸다.

그들의 가슴에는 기쁨이 차오르고 있었다.

서대문을 들어설 때 수양대군의 기세는 개선장군과도 같았다.

불과 한때 전까지만 해도 마음에는 염려가 가득하였다. 호랑이를 잡으러 가는 포수의 심정이었다. 김종서와 승규, 그 이름만으로도 두려움을 품지 않을 수 없었다.

그러나 하늘이 도왔다고 그는 믿었다.

'굵직한 자들은 오늘 밤에 처리하고, 나머지는 내일이면 된다. 이제 내 세상이다. 다시는 놓지 않을 내 세상.'

웃음이 새어 나왔다.

권력에 대한 갈망이 목을 태우듯 치밀어 올랐다.

수양대군과 한명회는 각자의 일을 마친 뒤 만났다.

한명회는 기뻐할 때가 아니라고 하였다.

"큰일은 이제부터입니다. 닭이 울기 전에 조선이 한 번 뒤집힐 것입니다."

그는 품속에서 작은 책 한 권을 만져 보았다.

일 년 동안 준비해 온 '살생부'였다. 몇 번이나 펼쳐 보며 이날을 기다렸던가. 첫 이름 김종서는 이미 죽었다. 나머지도 닭 울기 전에 끝내야 했다.

별이 총총한 하늘 아래 밤바람이 자하문 쪽에서 불어왔다.

그러나 한명회의 마음에는 오직 피와 죽음의 장면만이 떠올랐다.

수양대군은 순군과 무사들의 호위를 받으며 영양위 궁으로 향하였다.

바로 단종이 경혜공주의 생일을 맞아 담소와 놀이를 즐기고 있던 그 시각이었다.

어린 궁녀 네 명이 손을 맞잡고 돌며 노래를 부르고 있었다.

"달아 달아 밝은 달아, 이태백이 놀던 달아….."

그때 밖에서 요란한 말 울음과 발굽 소리가 울렸다.

단종은 손을 들어 노래를 멈추게 하였다.

"바깥이 어찌 이리 소란하냐?"

공주들도 놀라 귀를 기울였다. 궁녀들의 눈이 둥그레졌다.

"아마 순군이 도는 소리인 듯하옵니다."

지밀나인이 조심스레 아뢰었다.

"그렇기로 저리 요란할까. 승정원에 알아 오라 하라."

왕의 얼굴에는 불안이 서렸다.

잠시 뒤 내시가 급히 들어와 아뢰었다.

"수양대군께서 긴히 아뢸 말씀이 있으시다 하옵니다."

"이 밤중에 무슨 일이기에 군사를 저리 거느렸느냐?"

왕은 의심스러운 눈으로 내시를 바라보았다.

왕은 서둘러 의관을 갖추었다. 숙부를 흐트러진

차림으로 맞을 수는 없었다. 공주와 영양위, 나인들 또한 옷깃을 여몄다.

그러나 방 안에 흩어진 윷가락과 밤, 잣을 미처 치우기도 전에 수양대군이 성큼 들어섰다.

왕은 사모를 바로 쓰고 띠를 고쳐 매었다.

수양대군은 살기 어린 눈으로 방 안을 훑은 뒤 왕이 자리에 앉자 무릎을 꿇었다.

"황보인과 김종서가 모반을 꾀하였기에 일이 급하여 종서를 베고 오는 길이옵니다."

왕은 소스라치게 놀랐다.

"인과 종서가 모반을…."

"겉으로는 충신인 체하며 속으로는 안평대군과 내통하여 오래전부터 역모를 꾸몄사옵니다. 오늘 밤 영양위 궁을 엄습하려 하였기에 신이 먼저 처단하였사옵니다. 아직 잔당이 남아 위급하옵니다."

왕은 혼란에 빠졌다.

"그럴 리가…인과 종서가 무엇이 부족하여…."

"상감께서 어리심을 틈타 안평을 세우려 한 것이옵니다."

왕은 수양대군을 바라보았다.

그는 차마 그 눈을 바로 마주하지 못하고 고개를 숙였다.

불안과 공포로 온몸이 떨렸다. 이 순간 믿을 이는 수양대군뿐인 듯 느껴졌다.

왕은 습관처럼 곁에 있는 내시 김연과 한숭을 바라보았다.

"너희가 충신이라 하던 인과 종서가 역모라 한다."

김연은 눈물을 닦지도 않고 엎드렸다.

"소인 김연이 아뢰옵니다. 태종대왕 때부터 지금까지 사십 년을 모셨사옵니다. 황보인과 김종서의 충성을 세종대왕께서도 늘 칭찬하셨사옵니다. 상전이 바다가 되고 한강이 마를지언정 두 대신이 모반할 리 없사옵니다. 밝히 살피소서."

한숭 또한 머리를 조아렸다.

"연의 말이 옳사옵니다."

방 안 공기가 얼어붙었다.

수양대군의 눈빛이 번뜩였다.

김연은 다시 아뢰었다.

"역모란 원망을 품은 자가 하는 일입니다. 영의정과 좌의정이 무엇이 부족하여 천벌을 무릅쓰겠사옵니까."

말이 끝나기도 전에 한숭이 덧붙였다.

"참소를 믿으시면 스스로 날개를 자르시는 일입니다."

그 말은 칼날처럼 날카로웠다.

수양대군은 참지 못하고 벌떡 일어섰다.

칼자루에 손이 갔다.

"요망한 늙은 것들!"

칼이 번쩍였다.

김연이 고개를 들었다.

"성상 앞에서 칼을 빼다니, 이것이 충성입니까."

그 말이 끝나기도 전에 칼이 내려쳤다.

피가 솟아 왕의 옷자락을 물들였다.

한숭 또한 이어 베였다.

방 안은 아비규환이 되었다.

경혜공주와 경숙옹주는 기절하였고, 궁녀들은 벽에 붙어 떨었다.

늙은 궁녀 윤연화가 두 팔을 벌려 왕을 가로막았
다.

"무엄하옵니다!"

왕은 울부짖으며 수양대군의 팔을 붙잡았다.

"숙부, 나를 살리오!"

그 어린 울음에 수양대군은 잠시 멈추었다.

칼을 닦아 칼집에 넣었다.

잠깐이나마 측은함이 스쳤다.

왕은 이 자리를 벗어나고 싶었다.

환궁을 원하였다.

수양대군은 영양위와 공주에게 왕을 다른 방으로
모시라 하였다.

영양위는 지체하지 않았다.

왕을 부축해 별당으로 옮기고, 공주와 나인들이
뒤따랐다.

8장 계유정난, 그 피바람

수양대군 무리가 일으킨 난을 '계유정난'이라 하였다.

'정난'이란 나라에 병란이나 위태로운 재난이 닥쳤을 때 이를 바로잡는다는 뜻이다. 그러나 무리들 속뜻은 달랐다. 수양은 반대파를 도륙하고 어린 조카의 왕위를 빼앗는 일을 나라를 구하는 일처럼 꾸며 정당성을 얻으려 하였다.

달빛이 채 가시기도 전에 장안에는 피비린내가 번졌다. 대신들의 집마다 통곡이 이어졌고, 한명회가 작성한 '살생부'에 오른 이름들은 차례로 궁궐로 불려와 목숨을 잃었다. 충이라 불리던 자도, 벼슬이 높던 자도 예외가 없었다.

수양은 스스로 난을 평정한 공이라 하였으나, 백성의 눈에는 피 위에 선 사람일 뿐이었다. 계유년 그 밤의 피바람은 왕좌로 이어지는 징검다리였다. 그는 한 발짝 더 왕위를 향해 다가섰다. 야심을 드러낸 형과 맞섰던 동생 안평대군은 강화로 귀양 가는 몸이 되었다. 법대로 처단하기는 차마 어렵다는 이유였다. 그러나 정인지는 후환을 끊어야 한다며 안평을 죽여야 한다고 주장하였다. 수양은 처음에는 거절했으나 마음이 흔들리고 있었다.

추운 아침, 안평대군은 남대문을 나섰다. 평소에 부귀와 영화를 뜬구름처럼 여기던 그였으나 이날만은 눈물을 감출 수 없었다. 남대문 현판 글씨는 안평이 세종의 명으로 쓴 것이다. 세종은 아들의 글씨를 사랑하여 조선에서 가장 많은 사람이 보는 문에 걸게 하였다. 동궁이던 문종은 먹을 갈아 주며 '천하의 명필'이라 칭찬하였다.

안평은 웃으며 말했다.

"이 석 자 글씨가 내가 세상에 왔다는 표겠지요."

육로로 가면 변고가 생길까 염려하여 양화도에서 배를 타고 한강을 따라 강화로 향했다. 그러나 귀양으로 끝날 일이 아니었다. 정인지는 안평을 살려 두면 반드시 화가 된다고 상소를 올렸다.

단종은 노기를 띠며 허락하지 않았다.

"안평 숙부가 무슨 죄가 있단 말이냐."

붓을 들어 '불륜'(안 된다)이라고 크게 쓰고 종이를 정인지 앞에 던졌다. 함께 있던 수양과 최항은 얼굴이 굳은 채 물러났다. 그러나 정인지는 물러서지 않았다.

"죄가 없기에 더 위험합니다. 백성의 마음이 그리로 쏠리기 전에 화근을 끊어야 합니다."

신숙주도 나섰다.

"지친이라 하여 국사를 그르칠 수는 없습니다. 지금 살려 두면 장차 더 큰 화가 됩니다."

수양은 격하게 소리쳤다.

"아무 죄도 없는 사람을 어찌 죽인단 말이오."

그러나 정인지는 냉정했다.

"죄가 없기에 죽여야 합니다. 죄가 없다면 백성의 마음이 그리로 돌아갑니다. 마음이 돌아가면 결국 나리를 원망하게 됩니다."

수양은 얼굴이 붉어졌지만 더는 말이 없었다.

단종은 따뜻한 날을 골라 경회루에 나갔다.

어린 임금에게 세상은 너무 무거웠다. 난이 난 뒤 궁은 더욱 쓸쓸해졌다. 나인과 내시는 허수아비 같았고, 누나인 경혜공주마저 마음대로 보기 어려웠다.

'심심하다. 쓸쓸하다. 귀찮다.'

연못의 연잎은 말라 찬물 위에 떠 있었고, 가을 향기와 이슬은 이미 사라졌다.

"너희들은 기쁘냐?"

궁녀들은 서로 얼굴을 보며 대답하지 못했다.

그때 어디서 숨어 있었던가. 정인지가 불쑥 다가와 아뢰었다.

"안평대군은 역모의 뜻을 품은 대죄인입니다. 살려 두면 후일 난이 됩니다."

왕은 떨리는 목소리로 물었다.

"그러면 어찌하란 말이오?"

"죽음이 마땅합니다."

왕은 단호히 고개를 저었다.

"죄 없는 숙부를 내 손으로 죽일 수는 없소."

신숙주가 다시 나섰다.

"사정은 사정, 국사는 국사입니다. 지금 결단하지 않으시면 훗날 더 큰 화가 옵니다."

왕은 고개를 돌렸다.

"나는 안평 숙부를 믿소. 더는 말하지 마오."

정인지의 눈이 번뜩였다. 그는 물러나며 이미 다른 수를 생각하고 있었다.

성삼문의 집이다.

성삼문은 집현전 학사 가운데서도 이름 높은 인물이었다. 세종의 총애를 받았고, 훈민정음 창제에도 깊이 참여하였다. 겉으로는 술을 즐기고 웃음이 많았으나, 속에는 서릿발 같은 절개가 있었다.

그의 시조 한 수만 보아도 알 수 있었다.

이 몸이 죽어 가서 무엇이 될꼬 하니
봉래산 제일봉에 낙락장송 되어 있어
백설이 만건곤할 제 독야청청하리라

　수양대군의 정난 소식에 그는 분노를 참지 못했다. 그러나 일개 승지로서 할 수 있는 일은 많지 않았다. 안평대군을 죽이려 한다는 말을 듣고 더는 가만히 있을 수 없었다.
　그날 밤, 믿는 동지들을 불러 모았다.
　박팽년, 하위지, 이개, 유성원, 이석형, 기건, 김질….
　정난이 있은 이후 이렇게 모이기는 처음이었다.
　"도대체 어찌 된 일인가?"
　"황보인 대감은 몰랐단 말인가."
　분개와 허탈이 뒤섞였다.
　성삼문이 말했다.
　"김종서 대감은 수양의 흉계를 알았다고 하더라. 그러나 먼저 잡아들이지 못한 것이 화근이 되었지."
　이개의 눈이 번뜩였다.

"정인지가 수양과 통했다면 모든 것이 설명되네."

말은 거칠어졌고, 정인지에 대한 분노가 쏟아졌다.

그때 유성원이 들어섰다. 얼굴이 초췌했다. 방에 들어서자마자 눈물을 흘렸다.

"내가 무슨 낯으로 자네들을 보겠나."

수양의 교서(나라에 경사가 있을 때 그 사실을 널리 알리던 교서)를 지은 일이 그의 가슴을 짓누르고 있었다. 모두가 알면서도 말하지 않았던 상처였다.

성삼문이 그의 손을 잡았다.

"자네가 죄라면 우리도 다 같은 죄일세. 우리가 살아남아야 대의를 지킬 수 있지 않겠나."

유성원의 눈물은 방 안 분위기를 더욱 비장하게 만들었다.

논의는 곧 안평대군 문제로 모였다. 내일 아침, 정인지가 백관을 거느리고 안평을 죽여야 한다고 상주한다는 소식이 있었다.

이개가 단호하게 말했다.

"묘당에서 한번 크게 다투어야 하네. 간신이 무죄

한 사람을 죽이려 하는데 침묵한다면 의는 어디에
있겠나.”

김질도 거들었다.

“정인지가 상주한 뒤 물러서면 그때 우리가 나서
세. 좌의정의 말이 옳지 않다고 대놓고 맞서야지.”

그러나 하위지와 박팽년은 쉽게 결단하지 못했
다.

“일은 이루지 못하고 목숨만 잃을 수도 있네.”

“그래도 의리를 저버릴 수는 없지.”

방 안에는 깊은 침묵이 흘렀다.

그들이 안평을 살리려는 이유는 단순하지 않았
다.

첫째, 안평이 죽으면 수양을 견제할 세력이 사라
진다.

둘째, 안평은 의를 상징하는 인물이다. 그가 죽는
것은 의가 죽는 것과 같다.

셋째, 어린 임금을 지킬 마지막 버팀목이 바로 안
평이었다.

이 세 가지 이유가 모두를 묶고 있었다.

"결국 내일 한바탕 부딪치는 수밖에 없겠군."

성삼문의 말에 모두 고개를 끄덕였다.

그러나 문제는 누가 앞장을 설 것인가였다. 그들만으로는 무게가 약했다. 적어도 정경의 지위에 있는 인물이 필요했다. 의논 끝에 좌참찬 허후를 추대하기로 하였다.

밤은 이미 깊었다.

성삼문과 이개가 허후의 집을 찾아갔다.

이때 허후는 잠들지 못한 채 순난한 친구들의 필적을 꺼내 놓고 바라보고 있었다. 황보인의 글, 김종서의 글 그리고 안평의 글씨까지 가지런히 펼쳐 두고 있었다.

아들 허조가 들어왔다.

"성삼문과 이개가 왔습니다."

허후의 눈이 번쩍 빛났다.

두 사람이 들어와 사정을 설명했다. 내일 묘당에서 정인지와 공개적으로 다투기로 했으며, 허후가 앞장을 서 주어야 한다는 뜻이었다.

잠시 침묵이 흘렀다.

허후는 천천히 자리에서 일어섰다.

"내가 나서겠다. 하늘이 내게 죽을 자리를 주는구나."

두 사람은 숙연해졌다.

허후의 얼굴에는 두려움 대신 결기가 서려 있었다.

그날 밤, 허후는 이미 죽음을 각오한 사람처럼 담담했다.

허후 집을 나선 성삼문과 이개는 마지막으로 신숙주의 집을 찾았다. 대문은 굳게 닫혀 있었다. 예전과 달리 낯선 관노들이 지키고 있었다. 사랑방에 들어서자 와 있던 한명회가 막 일어나 나가고 있었다. 사팔뜨기 눈에 광대가 도드라진 얼굴이었다.

방 안 공기가 싸늘하게 식었다.

"저 사람은 누구인가?"

성삼문이 일부러 큰 소리로 물었다.

"누군가의 심부름 온 사람이네."

신숙주의 대답은 흐릿했다.

이개가 곧장 쏘아붙였다.

"수양대군 궁을 드나든다는 자 아닌가."

신숙주는 웃으며 얼버무렸다. 그러나 두 사람의 눈빛은 차가웠다.

성삼문이 정면으로 물었다.

"자네, 변심한 건 아니겠지? 세상에서는 자네가 정인지 편이 되었다 하더군."

신숙주의 관자놀이가 꿈틀거렸다.

"그럴 리가 있나."

이개가 한 걸음 다가섰다.

"그렇다면 벼슬을 내놓게. 갑작스러운 승진이 수상하네. 내일 아침 벼슬을 사양하면 믿겠네."

방 안이 조용해졌다.

신숙주는 잠시 눈을 내리깔았다가 고개를 들었다.

"자네들까지 나를 의심하나."

성삼문은 친구를 믿고 싶었다.

"우리는 자네 입으로 아니라고 듣고 싶을 뿐이네."

신숙주는 모호하게 웃었다.

"세상일이 그리 단순하지 않네."

이개의 눈빛이 더욱 날카로워졌다. 그러나 성삼문은 끝내 친구를 의심하지 않으려 했다.

밤은 깊어 가고 있었다.

다음 날 아침, 묘당에서 피할 수 없는 충돌이 기다리고 있었다.

다음 날, 근정전에는 백관이 모여 있었다. 공기는 무겁고 눅눅했다. 모두가 무슨 일이 벌어질지 알고 있으면서도 입을 다물고 있었다.

정인지가 단종 앞으로 고개를 들어 나섰다.

"아룁니다. 안평대군은 불궤의 뜻을 품은 자입니다. 지금 제거하지 않으면 훗날 반드시 화가 됩니다."

그의 목소리는 또렷했고, 조금도 흔들림이 없었다.

백관은 숨을 죽였다.

정인지는 계속했다.

"지친이라 하여 국사를 해칠 수는 없습니다. 사사로운 정에 끌려 대의를 그르치면 나라가 어지러워집니다."

말을 마치고 물러서려는 순간 허후가 한 걸음 나섰다.

전각 안이 술렁였다.

"아룁니다."

허후의 음성은 크지 않았으나 분명했다.

"안평대군의 죄가 명백하지 아니한데 어찌 사형을 논하겠습니까. 근거 없는 말로 종친을 죽인다면 조정의 의는 어디에 있겠습니까."

정인지의 눈이 번뜩였다.

"허후 공, 대의를 모르시오. 죄가 없으니 더 위험하다는 말이오."

허후는 물러서지 않았다.

"죄가 없는데 죽이는 것이 어찌 대의입니까."

순간 공기가 얼어붙었다.

이개가 앞으로 나섰다.

"간신의 무리가 무죄한 이를 죽이려 하는데 묘당에 한 사람도 다투지 않는다면 후일 누가 임금을 지키겠습니까."

성삼문도 이어 나섰다.

"안평대군은 백성의 신망을 받는 인물입니다. 그런 이를 죽이면 민심이 흉흉해질 뿐입니다."

박팽년, 하위지, 유성원, 이석형도 차례로 뜻을 보탰다. 젊은 관원들이 연달아 나서자 전각 안은 술렁였다. 그러나 대부분의 대신들은 눈을 내리깔고 침묵했다.

정인지는 비웃듯 말했다.

"감정에 치우친 서생들의 말이오. 나라를 다스리는 일은 의기만으로 되는 것이 아니오."

신숙주가 조용히 한마디 거들었다.

"이미 백관의 뜻은 모아졌습니다. 사사로운 정을 버려야 합니다."

성삼문의 시선이 신숙주에게 꽂혔다. 잠시 눈이 마주쳤다. 신숙주는 피하지 않았지만 그 눈빛은 예전과 달랐다.

단종은 가만히 지켜보고 있었다. 희디흰 얼굴이 창백했다.

"과인은 안평 숙부가 역심을 품었다는 말을 믿기 어렵소."

그러나 정인지의 말은 집요했다.

"전하, 지금 결단하지 않으시면 훗날 더 큰 화가 닥칩니다."

허후가 다시 외쳤다.

"전하, 억울한 피를 흘리게 하시면 조정의 근본이 무너집니다."

그 순간, 여러 대신들이 슬그머니 정인지 쪽으로 몸을 기울였다. 분위기가 서서히 기울고 있었다.

수양대군은 말없이 서 있었다. 그러나 그의 눈은 전각 전체를 훑고 있었다. 마침내 그는 천천히 입을 열었다.

"전하께서 원치 않으신다면 소신 또한 억지로 청하지는 않겠습니다. 다만 백관의 뜻이 그러하니 신으로서도 난처할 따름입니다."

그 말은 겉으로는 물러서는 듯했으나 실상은 왕을 궁지로 모는 말이었다.

단종의 손이 미세하게 떨렸다.

"과인이…다시 생각해 보겠소."

그 한마디로 결론은 미뤄졌으나 사실상 흐름은

정해진 셈이었다.

허후와 성삼문은 물러나며 서로 눈빛을 나누었다. 그들의 힘은 미약했고, 조정의 다수는 이미 수양 쪽으로 기울어 있었다.

묘당 밖으로 나오자 이개가 이를 갈았다.

"이대로는 막지 못하네."

성삼문은 하늘을 올려다보았다.

"의가 패하는 세상이 되었구나."

유성원은 말없이 서 있었다. 그의 얼굴에는 이미 결연한 빛이 서려 있었다.

그날의 풍파는 겉으로는 잦아든 듯 보였다. 그러나 조정은 둘로 갈라졌고, 수양의 권력은 더욱 단단해지고 있었다.

9장 바람 속의 이름

조정의 공기는 이미 한쪽으로 기울어 있었다.

정인지 일파는 물러나자마자 다시 상소를 준비했다. 여론이 일어나기 전에 일을 마쳐야 한다는 계산이었다. 밤낮을 가리지 않고 대신들을 설득하고 압박했다. 침묵은 곧 동의가 되었고, 두려움은 충성으로 둔갑했다.

안평대군은 강화에서 소식을 기다리고 있었다. 겉으로는 담담했으나 마음 깊은 곳에서는 이미 운명을 짐작하고 있었다. 시, 서예, 그림 예능으로 세상을 밝히던 사람이었으나 이제는 역모의 이름이 덧씌워진 죄인이었다.

결국 처형의 명이 내려졌다.

안평은 하늘을 한번 올려다보았다.

"의가 있다면 언젠가 밝혀지겠지."

그는 담담히 죽음을 맞았다.

계유정난이 나고 다음 날 강화도에 유배되고, 정난 후 8일 만인 1453년 10월 18일, 그의 나이 36세였다.

소식이 조정에 전해졌다.

성삼문은 말없이 자리에 앉아 있었다.

박팽년이 이를 악물었다.

이개의 눈에는 핏발이 섰다.

"끝내…죽였군."

허후는 한동안 말을 잇지 못했다.

"이제 수양을 막을 사람이 사라졌네."

안평의 죽음은 한 사람의 죽음이 아니었다. 조정 안에서 의를 상징하던 축 하나가 무너진 것이었다. 이제 수양을 견제할 힘은 거의 남지 않았다.

단종은 소식을 듣고 한동안 말을 잃었다.

어린 얼굴에 그늘이 깊어졌다.

"과인이 지키지 못했구나…."

그 말은 작았으나, 궁 안 공기를 더욱 무겁게 만들었다.

수양대군은 겉으로는 침묵을 지켰다. 그러나 그의 길을 가로막던 마지막 장벽 하나가 사라진 셈이었다. 정인지는 한명회와 더불어 다음 수를 준비하고 있었다.

조정은 빠르게 변했다.

어제까지 절의를 말하던 이들이 오늘은 입을 닫았다. 권력은 피 위에 세워졌고, 두려움은 충성의 얼굴을 하고 퍼져 나갔다.

성삼문 일파는 다시 모였다.

"이제 어찌할 것인가."

묘당에서의 항거는 막지 못했다. 안평은 죽었고, 수양의 권세는 더욱 굳어졌다.

이개가 낮게 말했다.

"의는 죽지 않았네. 다만 숨을 고를 뿐이지."

성삼문은 깊은 생각에 잠겼다.

"임금을 지키지 못하면 우리 이름이 무슨 소용이 있겠나."

그들의 싸움은 이제 시작에 불과했다.

계유년의 정난은 단순한 반란이 아니라, 조선의 근간을 뒤흔드는 균열이었다.

안평의 죽음으로 수양은 왕위에 한 발 더 다가섰다.

그러나 피로 닦은 길 위에서 권력은 오래 평안할 수 없었다.

조정의 젊은 피들은 이미 마음속에서 또 다른 결단을 준비하고 있었다.

계유년의 바람은 멎지 않았다. 그 바람은 머지않아 더 큰 피바람으로 이어질 터였다.

이때 수양대군은 또 하나의 결단을 내렸다. 어린 임금을 위해 왕비를 세우겠다는 것이었다. 아직 거상 중이었으나, 궁궐 깊은 곳에서 홀로 지내는 왕의 처지가 못내 마음에 걸렸다. 후사는 하루라도 빠를

수록 좋다는 계산도 있었다. 정인지와 한명회가 고개를 저었으나, 그는 뜻을 굽히지 않았다.

국혼은 나라의 중대사다. 더구나 거상 중 혼례라니, 예를 거스르는 일이다. 조정에 부쳐 공론을 거쳐야 마땅했다. 그러나 공론은 곧 분열을 부른다. 갑론을박이 길어지면 조정은 둘로 갈리고, 갈라진 틈은 다시 권력의 싸움이 된다. 수양대군은 그것을 알고 있었다. 그래서 대신들과 의논하지 않았다. 다만 혜빈 양씨에게만 알리고 일을 밀어붙였다. 실록에는 조정이 여러 날 왕비 책립을 청하였다고 적혀 있으나, 실상은 달랐다.

갑술년 정월, 왕의 나이 열네 살. 풍저창 부사 송현수의 딸을 왕비로 정하였다. 김사우의 딸과 권완의 딸은 후궁으로 간택하였다. 송현수의 딸은 왕보다 한 살 많았다. 왕비 간택은 수양대군의 부대부인 윤씨가 주도하였고, 후궁 인선은 혜빈의 뜻이 작용하였다.

모든 것을 정해 놓은 뒤에야 수양대군은 사인 황효원을 정인지에게 보냈다.

“내일 왕후를 세울 터이니 일찍 들어오라.”

이미 소문으로 들은 터였으나 정인지는 설마 자신을 제쳐 두지는 않으리라 여겼다. 통보를 받자 얼굴이 굳었다.

“거상 중에 혼례라니. 예를 저버리고 무슨 국혼인가. 자네도 유학자라면서 이런 말을 전하러 다니는가.”

분노는 단순히 예법 때문이 아니었다. 그는 오래전부터 자신의 손녀를 왕비로 세우고 싶어 했다. 직접 말하지는 못했으나 뜻은 충분히 비쳤다. 자신의 공을 생각하면 받아들여질 일이라 여겼다. 그러나 수양대군은 모른 체하였다. 정인지에게 국구의 권세를 쥐여 줄 생각이 없었던 것이다. 세력도 약하고 후일 걱정도 적은 집안을 택하여 송현수의 딸을 점찍었다.

황효원은 돌아와 차마 그대로 전하지 못했다.

“좌상께서 몸이 편치 않으신 듯합니다. 별다른 말씀은 없으셨습니다.”

수양대군은 속으로 웃었다.

날짜를 다 정해 놓고 수양대군은 단종에게 국혼을 아뢰었다.

왕은 자리에서 몸을 일으켰다.

"숙부, 거상 중에 혼인이라니요. 어찌 그런 말씀이오. 오월이면 탈상할 터인데, 무엇이 이리 급하단 말이오."

어린 얼굴에 당혹과 슬픔이 스쳤다. 부왕의 상이 아직 마음에서 가시지 않았기 때문이다.

수양대군은 낮은 목소리로 설득하였다. 종묘와 후사를 생각하라는 말, 나라의 근본을 생각하라는 말이 이어졌다. 혜빈 또한 거들었다. 왕은 오래 침묵하다가 끝내 고개를 숙였다. 효심이 그의 마음을 누른 것이다.

1454년 2월 19일(음력 1월 22일). 왕은 거상 중이면서도 길복을 입고 근정전에 나아갔다. 송현수의 집에 사람을 보내 그 딸을 왕비로 책립한다는 뜻을 전하게 하였다.

이어 옥책문이 내려졌다.

"하늘과 땅이 덕을 합하여 만물을 이루듯, 임금은

하늘을 본받아 반드시 원비를 세워 종통을 잇는다. 내가 어린 나이로 나라를 이으니 내조의 힘을 빌려 종묘를 받들고 종사의 경사를 이루려 한다. 송씨여, 성품이 온유하고 덕이 있어 한 나라의 어미가 될 만하다. 이에 옥책과 보장을 내리노니 삼가 받아 종묘를 받들라.”

엄숙한 의식이 끝났다. 후궁으로 간택된 권완의 딸과 김사우의 딸도 동시에 궁에 들어왔다. 고요하던 궁궐은 하루아침에 새 인연으로 가득 찼다.

혈혈단신이던 왕은 두 가문의 외척을 두게 되었다. 예조판서 권자진이 외숙이 되었고, 지돈녕이 된 장인 송현수 또한 왕을 받드는 사람이 되었다.

겉으로는 경사가 이루어진 듯 보였다. 그러나 권력의 물결은 조용히 방향을 바꾸고 있었다.

왕의 혼례는 단지 혼례가 아니었다.

그것은 또 하나의 정치였다.

유월도 다 지나고 있었다.

어느 날, 단종은 더위를 피해 경회루에 올랐다. 가

뭄이 심하여 민심이 흉흉하였다. 왕은 난간을 짚고 서서 연기처럼 번지는 검은 기운이 하늘가를 덮는 것을 바라보았다.

"이렇게 가물어 백성이 어찌 살겠는가."

깊은 한숨을 쉬었다. 인왕산 위 구름을 바라보았다. 궁 안에 있으면서도 늘 눈치를 보아야 하는 처지, 그 신세가 하늘에 떠도는 구름보다 못하였다.

그때 내전 쪽에서 발자국 소리가 들렸다. 찾아온 이는 좌의정 정인지였다.

"좌의정 정인지 아뢰옵니다."

왕은 난간에서 손을 떼고 돌아섰다. 얼굴에 잠시 그늘이 스쳤다.

"좌상은 덥지 아니하오?"

뜻밖의 물음에 정인지는 잠시 머뭇거렸다.

"황송하옵니다."

"삼남에는 비가 왔다 하오?"

정인지는 대답하지 못하였다. 요사이 조정의 관심은 다른 데 쏠려 있었다.

"아직 장계가 오르지 않았사옵니다."

"양서 각 읍에는?"

"황송하옵니다."

왕은 인왕산 위 구름을 바라보며 낮게 말했다.

"명철하다 하여 모든 일을 아는 줄 알았더니."

말끝에는 서늘한 기운이 실렸다. 왕은 이미 정인지에 대해 의심을 품고 있었다. 수양대군을 직접 미워하지 못하는 대신, 그 손과 발이라 여기는 정인지를 원망하게 된 것이다.

며칠 전 왕은 정인지에게 말한 적이 있었다.

"늙은이의 객쩍은 소리가 듣기 싫다 하면 임금의 도리에 어긋난다 하오? 그렇다면 임금의 귀에 거슬리는 말만 하는 것은 신하의 도리에 어긋나지 아니하오? 내가 어리다 하나 옳고 그름은 가릴 줄 아오."

그 일 뒤로 정인지는 잠잠하였다.

오늘, 그가 다시 나타난 것이다.

정인지는 소리를 가다듬었다.

"은밀히 아뢸 말씀이 있사오니 좌우를 물리소서."

"은밀한 말이라니. 곁에 사람이 있으면 어떠하오. 할 말이 있거든 하시오."

궁녀와 내시들이 물러섰으나 김충은 제자리에 서 있었다.

"너는 왜 물러나지 아니하느냐."

"어전이옵니다."

짧은 말이었으나 기운이 강하였다. 정인지의 눈에 살기가 어렸다. 왕이 말하였다.

"물러 있거라."

김충은 뒤로 물러났으나 시선은 왕을 떠나지 않았다.

정인지는 다시 입을 열었다.

"지금 나라 형세가 위태롭사옵니다. 민심이 흩어지고, 옛 무리들이 다시 움직인다는 말도 들리옵니다. 이러다가 큰 변이 있을까 두렵사옵니다."

왕의 얼굴에 근심이 떠올랐다.

"내 부덕한 탓이오. 숙부와 좌상이 보호하고 지도하면 큰 허물은 없을 것이오."

왕의 말에 정인지의 마음도 잠시 흔들렸다. 그러나 이미 물러설 수는 없었다. 그는 마침내 심중의 뜻을 꺼냈다.

"전하께옵서 아직 춘추 어리시옵고 국사가 이처럼 위급하오니, 군국대사를 다른 이에게 맡기시고 전하께서는 편안히 계심이 옳을 듯하옵니다."

왕은 뜻을 알아듣지 못한 듯 물었다.

"이미 군국대사는 숙부에게 맡기지 않았소. 또 무엇을 맡기란 말이오?"

정인지는 눈을 감듯 하고 말하였다.

"보위를 수양대군께 사양하시옵소서."

순간 경회루의 공기가 얼어붙었다.

"좌상이 나더러 왕위에서 물러나란 말이오?"

왕의 목소리가 높게 갈라졌다.

"부왕께서 전하신 자리를 버리라 하오. 그것이 신하의 말이오. 정인지, 네 목에 칼이 들지 않을 줄 아느냐."

왕의 두 손이 부르르 떨렸다.

"누구 없느냐. 이 역신을 당장 금부에 가두라."

그러나 아무도 움직이지 못하였다. 정인지에게 손을 대는 일은 두려운 일이었다.

정인지는 물러서지 않았다.

"옛날에도 선위한 일이 있었사옵니다. 태조께서도, 정종께서도….'

"선조의 고명을 받은 신하가 나를 요순으로 만들려는가."

왕의 음성이 떨렸다. 노한 군주의 분노였다.

정인지는 끝내 할 말을 다 하고 물러났다.

그가 떠난 뒤, 경회루에는 울음이 터졌다. 왕은 잠시 전까지의 위엄을 잃고 어린아이처럼 흐느꼈다. 궁녀들이 부축하여 내전으로 모셨다.

왕은 몸이 불편하다 하고 누웠다. 왕후 송씨는 연유를 알지 못해 놀랐다가, 상궁과 내시에게 경회루의 일을 전해 듣고 얼굴이 창백해졌다.

"세상에 이런 말이 있을 수 있단 말이냐….'

왕후는 홀로 앉아 있었다. 울음은 멎었으나 눈은 붉었다. 왕의 자리, 남편의 자리 그리고 그 목숨. 모든 것이 위태로운 줄 알았다.

"이렇게 당하고만 있을 수는 없다."

그러나 당장 무얼 어떻게 할 것인가.

궁 안의 하늘은 고요하였다. 그러나 그 고요함은

폭풍 전의 침묵과 같았다. 경회루에서 시작된 말 한 마디가 이제 궁중을 넘어 조정 전체를 흔들 준비를 하고 있었다.

왕은 아직 자리에 있었다. 그러나 그 자리를 둘러싼 땅은 이미 갈라지기 시작하였다.

정인지가 왕에게 아뢴 선위 말은 금성대군에게도 들어갔다. 그는 온몸을 떨어 격분했다.

"우리 집이 망하는구나."

그는 새벽도 되기 전에 단신으로 수양의 집으로 달려갔다. 수양을 붙들 듯 앉히고 곧장 따졌다.

"형님, 정인지가 상감께 선위를 청했다지요. 정인지 생각이오, 형님이 시킨 일이오?"

수양은 잡아떼었다.

"미쳤느냐. 그게 웬 소리냐."

금성대군은 물러서지 않았다.

"그렇거든 오늘로 정인지를 벼슬에서 내치고 베어 버리시오. 그러지 않으면 세상은 형님이 시킨 줄로 알 것이오."

수양은 끝내 '상감 처분'이라며 모르는 체했다.

금성대군은 마지막으로 단단히 말했다.

"형님이 그릇된 뜻을 품으면 천하가 알 것이오. 나부터 형님 목에 칼을 겨눌 것이외다."

그리고 돌아섰다.

'저것도 없애 버려야겠는걸.'

수양대군은 금성대군 뒤를 노려보았다. 매우 불편했다. 어린 동생이 안평 못지않은 기세로 달려들었기 때문이다. 더 놀라운 것은 경회루의 은밀한 말이 하룻밤 만에 이처럼 퍼졌다는 사실이었다. 수양은 아침을 들지 못한 채 초조해졌다.

부인 윤씨가 말했다.

"천운이 나리께 돌아왔는데 무슨 근심이세요."

수양은 금성대군의 말을 전했고 부인은 태연히 받아쳤다.

"누설되었기로 걱정할 것 있소. 성사하면 그만이고 틀어지면 정인지에게 밀어 버리시오."

그 말이 불쾌해 수양은 입을 다물었다.

그날 한남군과 영풍군도 찾아와 같은 뜻으로 정인지를 엄벌하라 청했다. 송현수도 뒤늦게 왔으나 역시 확실한 대책을 내지 못했다. 수양의 속은 더 타들어 갔다. 일파만파였다.

수양대군과 정인지는 경회루 주청이 알려진 책임을 왕과 왕후에게까지 돌리고 싶었으나, 왕은 실제로 아무것도 알지 못했다. 또한 아직은 세상의 여론을 두려워하지 않을 수 없었다.

정인지의 주청은 죄 없는 많은 사람을 역모로 엮어 또 다른 피바람을 일으켰다. 그중 금성대군과 경혜공주 남편인 정종을 엮었다. 금성대군은 순흥부에, 정종은 순천으로 귀양 보냈다. 경혜공주는 남편을 따라 귀양을 함께 가기로 했다. 동생 단종과 남북 천 리로 갈라졌다. 그것이 영원한 이별이 되었다.

10장 옥쇄의 그림자

이 일이 있은 뒤로 왕은 사실상 유폐된 몸이 되었다. 궐 안에서도 마음대로 다닐 수 없었다. 세종이 즐겨 머물던 자미당에 머물며 왕후와 마주 앉아 우는 날이 이어졌다. 그러나 그 세월도 길지 않았다.

왕의 곁에 있을 만한 사람들은 모두 멀리 쫓겨났다. 가까이 모시던 내시와 궁녀들마저 죽거나 흩어졌다. 궁중은 두 사람에게 지옥처럼 적막했다.

왕후 송씨는 스스로를 탓하며 울었다.

왕은 담담히 말했다.

"이보다 더한 일이 올 터이니 마음을 단단히 가지

시오. 인생이 한바탕 꿈이라 하지 않소. 가위눌린
줄 알고 지나가 봅시다.”

마치 모든 세상사를 겪은 사람처럼 말했으나 혼
자 있을 때는 달랐다. 촛불을 마주하거나 뜰에서 새
소리를 들을 때, 조부 세종과 아버지 문종이 떠올
랐다. 얼굴조차 기억하지 못하는 어머니, 먼 시골로
유배 간 누이, 죽은 내시와 궁녀 들 그리고 수양의
얼굴까지. 생각은 모두 피눈물을 불러냈다.

밤이면 꿈에 경회루가 나타났다.

“이 늙은 놈. 그것이 임금 섬기는 도리냐!”

정인지를 꾸짖으며 칼을 들려는 순간, 왕후가 흔
들어 깨웠다.

“상감, 꿈을 꾸십니까.”

왕은 입맛을 다시었다.

“막 칼을 들려는 참이었는데…”

잠에서 깨어도 환영은 사라지지 않았다. 죽은 이
들의 얼굴이 방 안에 어른거렸다. 수양과 정인지가
군사를 이끌고 침전으로 들이닥치는 모습이 떠올랐
다. 왕은 베개 위에서 고개를 흔들거나 왕후를 깨워

무서운 생각을 떨치려 했다.

두 사람은 어린 시절 이야기나 혼인 뒤의 즐거웠던 일로 화제를 돌렸지만 결국 현실로 돌아와 눈물과 한숨으로 끝맺었다.

어느 날 왕은 꿈 이야기를 했다.

"산 밑 강가에 초가를 짓고 농사짓는 꿈을 꾸었소. 그런데 마마는 그 집에 없었소. 왜 아니 왔을까."

왕후는 흉몽이라 생각했으나 말하지 않았다.

"상감께서 농부가 되시면 소인은 지어미가 되지 아니하겠습니까."

왕은 쓸쓸히 웃었다.

"나는 왕가에 태어나지 말고 농부의 집에 태어났으면 좋았을 것이오. 들에 다니며 보리밥에 국이라도 끓여 먹는 것이 더 나았을 듯하오."

말끝이 흐려졌다.

왕은 날로 수척해졌다. 수라를 거의 들지 않았다. 그러나 이를 근심해 줄 사람도 없었다. 내시와 궁녀 들은 권람과 한명회가 가려 보낸 자들이었다. 정성을 다해 모시는 이가 있다 해도 겉으로 드러낼 수 없었다.

날마다 정인지, 신숙주, 권람 등이 번갈아 들어와 선위를 청했다. 달래고 위협하고 울며 간했다.

"또 그 말이오?"

왕은 화를 내고 한숨지었다. 그러나 그들은 아랑곳하지 않았다. 오늘은 갑이 말하고, 내일은 을이 더 심하게 말하고, 모레는 병이 더 나아가고. 점점 무엄하기 이를 데 없었다.

처음에는 괘씸했고 무서웠다. 나중에는 파리 떼처럼 성가셨다.

'저것들도 사람인가.'

평소 공자, 맹자를 입에 달고 살던 자들이 하루아침에 탐욕의 얼굴을 드러냈다. 그 우스꽝스러움이 때로는 통쾌하기까지 했다.

그러나 어느 날, 정인지가 최후의 경고를 보냈다. 자진하여 선위하지 않으면 강제로 하겠다는 뜻이었다. 제가 오지 않고 신숙주를 보냈다.

신숙주는 외교로 다져진 말솜씨로 은근히 아뢰었다. 충성을 다해 임금을 위하는 듯한 태도였다. 그

부드러움이 오히려 왕의 가슴을 찔렀다.

신숙주가 누구인가. 이 왕이 세상에 첫울음을 울던 날, 세종이 아기의 훗날을 부탁했다. 그는 땅바닥에 엎드려 목숨을 다하여 충성하겠노라고 맹세했다. 그가 흘린 눈물은 땅바닥을 흥건히 적시지 않았던가.

그런데 이제 그가 선위를 권하고 있었다.

"나도 뜻을 정했으니 다시는 성가시게 굴지 말라."

왕은 그렇게 말하고 신숙주를 물렸다.

신숙주가 나간 뒤 왕은 통곡했다. 자미당 밖에서 곡성이 들렸다. 신숙주는 발길을 멈추었으나 곧 걸음을 재촉했다. 동정을 보였다가 화를 입을 수 있다는 계산이 앞섰다.

그날 이후 대신들의 발길은 더욱 잦아졌다.

정인지의 사람들뿐 아니라 눈치를 보던 자들까지 나섰다. 선위를 권하는 말은 점점 노골적이 되었다.

"전하께서 스스로 물러나시면 덕이 되옵니다."

"억지로 변이 일어나기 전에 결단하심이 옳사옵니다."

왕은 더는 노하지도 않았다.

그저 지친 듯 듣고 있을 뿐이었다.

밤이 깊어지면 자미당 안은 더욱 무거워졌다.

왕은 한동안 잠들지 못하고 천장을 바라보았다.

'내가 끝까지 버티면 피가 흐를 것이다.'

그 생각이 떠나지 않았다.

금성대군, 한남군, 영풍군 그리고 이름 없이 죽어 간 내시와 궁녀 들…. 더 많은 피를 부를 것인가, 아니면 여기서 멈출 것인가.

왕은 천천히 일어나 창을 열었다.

더운 밤공기가 밀려들었다.

멀리서 개 짖는 소리가 들렸다.

그 소리가 유난히 쓸쓸하게 느껴졌다.

왕은 중얼거렸다.

"이 자리가 내 것이 아니었구나."

왕후는 그 말을 들었으나 아무 말도 하지 않았다.

다만 조용히 왕의 곁으로 다가와 손을 잡았다.

며칠 뒤, 결심은 굳어졌다.

왕은 더 이상 신하들의 말에 격분하지 않았다. 오

히려 담담히 들었다. 그 태연함이 도리어 주변 사람들을 불안하게 했다.

정인지는 마침내 확신했다.

"때가 되었다."

궁 안의 공기는 바뀌고 있었다. 말로는 '선위'라 했으나 모두가 알았다. 이는 물러남이 아니라 빼앗김이었다.

자미당의 촛불이 늦은 밤까지 꺼지지 않았다. 그 불빛 아래에서 어린 임금은 마지막 밤들을 보내고 있었다.

대신들이 다시 모였다. 이번에는 돌려 말하지 않았다.

정인지가 나섰다.

"전하, 이미 조정의 뜻은 정해졌사옵니다. 더 지체하시면 변이 일어날까 두렵사옵니다."

왕은 천천히 정인지를 바라보았다.

"조정의 뜻이라 하였소. 그 조정이 누구요. 나를 세운 조정이오, 나를 내치려는 조정이오."

정인지는 고개를 숙였다.

"신은 오직 국가를 위할 뿐이옵니다."

"국가라."

왕은 짧게 웃었다.

"국가를 위한다 하여 임금을 버리는 것이 그대들의 도리요."

말은 부드러웠으나 날이 서 있었다.

신숙주가 나섰다.

"전하의 성덕을 온전히 보전하려는 뜻이옵니다. 억지로 변이 일어나면 피가 흐르옵니다."

'피.'

그 말이 자미당의 공기를 가라앉혔다.

왕은 한동안 말이 없었다.

그리고 조용히 물었다.

"내가 물러나면 피는 흐르지 않겠소?"

정인지는 대답하지 않았다.

신숙주가 대신 고개를 깊이 숙였다.

"전하께서 큰 뜻을 세우시면 백성은 안녕하옵니다."

왕은 그 말을 오래 곱씹는 듯했다.

그날 밤, 자미당에는 등불 하나만이 켜져 있었다.

왕후는 왕의 곁에 앉아 있었다.

"내가 끝까지 버티면 더 많은 사람이 죽을 것이오."

왕후는 떨리는 목소리로 물었다.

"그러면 상감께서는…."

왕은 고개를 끄덕였다.

"내 자리가 사람을 죽이는 자리라면 내가 그 자리를 버리겠소."

왕후의 눈에서 눈물이 흘렀다.

"상감은 죄가 없사옵니다."

"죄가 없다고 세상이 용서하오. 내가 임금으로 있는 한 숙부는 나를 없애려 할 것이오. 그 사이에 누가 또 죽을지 모르오."

왕은 조용히 말을 이었다.

"내가 물러나면 적어도 명분은 그들 것이 되겠지. 피를 덜 흘릴 수 있다면…그것으로 족하오."

왕후는 더 말하지 못했다.

다만 왕의 손을 붙잡고 흐느꼈다.

이튿날 아침, 궁 안은 이상할 만큼 고요했다. 대신들이 예를 갖추어 들어왔다. 형식은 '선위'였으나 모두가 알았다. 물러남이 아니라 강요된 양위였다.

왕은 단정히 앉아 있었다. 밤새 울어 눈이 부어 있었으나 용안은 담담했다.

정인지가 절차를 아뢰었다.

문서는 준비되어 있었다.

"전하께서 친히 뜻을 밝히시옵소서."

왕은 잠시 붓을 들지 않았다. 문서 위에 눈을 두고 한참 머물렀다. 조부 세종의 얼굴, 아버지 문종의 음성이 떠올랐다. 그리고 금성대군, 유배 간 종친들, 죽어 간 내시와 궁녀 들의 얼굴이 스쳐 지나갔다.

왕은 마침내 붓을 들었다. 손이 미세하게 떨렸다. 왕후는 숨을 죽였다. 문서에 글이 적혀 내려갔다. 왕은 붓을 놓고 말했다.

"이제 되었소."

정인지와 대신들은 깊이 엎드렸다. 입으로는 전하의 큰 덕을 칭송했으나 눈빛은 이미 다른 곳을 향하고 있었다.

그날, 어린 임금은 선위한다는 전교를 내렸다.

왕은 종묘에 하직했다. 간략한 행렬이었다. 왕은 더 이상 '전하'라 불리지 않을 것이다.

1455년 7월 25일(음력 윤6월 11일) 신시였다.

정원, 정부, 육조 할 것 없이 대신으로부터 아래 서리에 이르기까지 난리를 당한 모양으로 꿇어앉았다.

백관은 경회루 아래로 모였다. 아무도 가슴만 두근거릴 뿐 입도 벙긋하지 못하였다. 하늘이 무너지는 큰일이 일어나지 않을까, 발가락만 달싹하여도 큰 변이 날 것만 같았다.

부슬부슬 안개비가 내렸다. 음산한 바람이 이따금 연당에 남은 물 위로 잔물결을 일으켰다.

승지 성삼문은 명을 받아 내시 전균을 데리고 대보를 가지러 상서원으로 달려갔다.

성삼문이 대보를 내시 전균에게 맡기고 경회루로 돌아올 때, 사정전 뒷문 밖에서 도총부 관노를 만났다. 관노는 성삼문에게 절하고 종잇조각 하나를 건넸다.

도총부 도총관으로 입직한 성삼문의 부친 성승의 필적이었다.

다른 말은 없고,

"참인가."

두 글자뿐이었다. 오늘 왕께서 선위하신다 하니 그 말이 사실이냐는 뜻이었다.

경회루 밑 박석 위에 아무것도 깔지 않고 남향으로 옥좌를 설치하였다. 그 앞에는 정원, 정부, 육조, 집현전, 사헌부, 사간원의 주요 대신들이 모였다. 그들 중에도 오늘 무슨 일이 있는지 분명히 아는 이는 몇 되지 않았다. 다만 왕께서 급히 부르셨다는 말만 들었을 뿐이다. 그러나 속으로는 모두 짐작하고 있었다. 일이 너무도 갑작스럽게 일어났다.

잠시 뒤 수양대군이 좌의정 정인지를 데리고 위풍당당하게 걸어 들어왔다. 수양대군이 들어오자 대신들은 약간 허리를 굽혀 경의를 표하였다. 모두 마음속으로 그를 두려워하고 있었다. 수양대군은 좌중을 훑어보고 옥좌에서 몇 걸음 앞에 나아가 읍하고 섰다.

기다림은 길었다. 음산한 바람만 이슬비를 몰고 연당 위를 스쳐 지나갔다.

이윽고 왕이 사정전 뒷문으로 나왔다. 초췌한 용안으로 경회루를 향해 걸음을 옮기었다. 상감으로서의 마지막 걸음이었다.

왕은 익선관과 곤룡포를 갖추었다. 감회가 깊은 듯 경회루와 연당, 인왕산을 한번 둘러본 뒤, 걸음을 재촉하여 권설한 옥좌에 앉았다.

수양대군, 정인지, 한확을 비롯한 대소 관리들이 이마가 땅에 닿을 듯 허리를 굽혔다.

승지 성삼문은 대보를 안고 옥좌에서 두어 걸음 오른편에 서 있었다.

이날 문관만 부르고 무관을 부르지 않은 것은 수양대군의 뜻이었다. 무신들의 곧고 강한 기질이 이 광경을 보면 어떤 변이 일어날지 알 수 없었기 때문이다. 도총관 성승이나 훈련도감 유응부, 대호군 송석동 같은 이는 수양대군이 꺼리는 사람들 가운데 특히 중요한 인물이었다. 금영대장 봉석주 역시 반드시 수양대군의 심복이라 할 수는 없었다.

권람은 이조판서로, 한명회는 병조판서로 승진하여 의기양양하게 수양대군 뒤에 서 있었다.

우찬성 강맹경은 계유사변 때 도승지로서 수양대군에게 황보인과 김종서의 계획을 알린 사람이었다. 옥좌 앞에 늘어선 대소 관리들은 대부분 수양대군이나 정인지와 연이 닿은 자들이었다.

신숙주가 온 것은 물론이고, 승지와 사관도 시립하였다. 박팽년도 집현전에 입직하였다가 불려왔다. 박팽년은 성삼문, 하위지 등과 함께 수양대군이 자기 사람으로 만들고자 애쓰는 인물 가운데 하나였다.

왕은 태연하려 애썼으나 흥분을 감추지 못하였다. 손을 가만히 두지 못하였다. 사람들은 무슨 처분이 내려질지 숨도 크게 쉬지 못하였다.

왕이 일어났다. 그 아름다운 얼굴과 빛나는 눈.

"영의정!"

낭랑한 음성이 울렸다. 수양대군은 서너 걸음 재

빨리 옥좌 앞으로 나아가 부복하였다.

"오늘 대임을 숙부께 맡기오."

그리고 승지 성삼문을 향하여 국새를 올리라는 뜻을 보였다. 성삼문은 두 팔로 받들고 있던 옥새를 힘껏 끌어안고 그 자리에서 통곡하였다. 수양대군은 부복한 채 머리를 들어 성삼문을 흘겨보았다. 성삼문은 두 눈에 눈물을 가득 머금은 채 왕명을 거스를 수 없어 무릎으로 걸어 나아가 국새를 받들어 왕께 드렸다.

왕은 국새를 받아 수양대군에게 전하였다.

시립한 사람들 가운데서 흐느끼는 소리가 들렸다. 한확의 눈에서도 눈물이 흘렀다. 비록 밖으로는 선위를 주장하던 자들이었으나, 손에 옥새를 들고 서 있는 왕의 모습을 우러러보니 눈물을 흘리지 않을 수 없었다.

수양대군은 세 번 사양하는 예를 올렸다. 그러나 마침내 일어나 옥좌 앞에 꿇어앉아 왕의 손에서 국새를 받아 들었다. 다시 부복하였다. 마음은 설렜으나 슬픔은 없었다. 오랫동안 바라던 옥새가 손에 있

없다. 이것이 꿈일 리 없었다.

왕은 명하여 수양대군을 부축하여 나가게 하고 자신도 모든 짐을 내려놓은 듯, 그러나 넋을 잃은 사람처럼 옥좌에서 일어나 걸어 나갔다.

박팽년은 안색이 사색이 되어 경회루 연못에 몸을 던지려 하였다. 그러나 성삼문이 붙들었다.

"참으시오. 비록 옥쇄는 옮겨졌으나 상감께서는 아직 상왕으로 계시지 않소. 우리는 아직 죽을 때가 아니오. 일이 이루어지지 않으면 그때 죽어도 늦지 않소. 참으시오."

두 사람은 손을 맞잡고 통곡하였다.

남산과 낙산에 무지개가 서고, 인왕산 머리에 걸린 햇빛이 구름 틈으로 흘러 경회루와 울고 선 두 사람을 비추었다.

송편처럼 불룩한 달이 비 오다 갠 하늘에 떠 있다. 근정전 전정의 불빛이 조용히 번져 뒤를 돌아보는 사람들의 눈에 아른거린다.

상왕은 바로 궁을 떠났다. 상왕(훗날 단종)이 탄 가마는 소리 없이 수강궁 대문에 다다랐다. 텅 빈 수강궁의 대문이 열려 있을 리 없었다. 본래 수강궁은 창덕궁 가까이에 있어 별궁처럼 쓰이던 조그마한 궁궐이다. 궁을 지키는 군사들조차 깊이 잠들어 있어 한참이나 대문을 두드린 뒤에야 일어났다.

"누구야?"

졸린 목소리는 마치 사가의 행랑아범 소리와 다르지 않았다.

"쉿, 상감마마 거동이시다."

문을 두드리던 관노가 열리는 대문을 좌우로 활짝 밀어 열었다. 쓸쓸한 수강궁에는 번을 서는 군사의 방밖에는 불을 켜 놓은 곳이 없었다. 우거질 대로 우거진 뜰, 그 뜰에서 제 세상인 양 울어 대던 벌레 소리가 난데없는 발자취와 등불 빛에 놀라 끊겼다가 다시 이어졌다. 달빛은 휑하니 비어 있는 대청과 방들을 더욱 적막하게 만들었다.

대비와 두 분 후궁은 서로 두 걸음도 떨어지지 않은 채 상왕의 뒤를 따라 곰팡내가 배어 있는 장마 지난 방으로 들어갔다. 몇 번이나 거미줄이 얼굴에 걸렸고, 날아오르는 박쥐에 놀라기도 하였다. 방 안에는 먼지가 켜켜이 내려앉아 있었다. 이런 황량한 곳에 길 잃은 사람들처럼 한 줄로 늘어선 사람들의 그림자가 초롱불 아래에서 어른어른 춤추는 모습은 이 세상 사람들 같지 않았다.

"이곳이 어디 사람 앉을 자리냐. 방을 좀 치워라."

대비가 일렀다. 남치마 입은 궁녀들이 분주히 오가며 방을 정리하였다.

초를 사 오려 하였으나 돈이 없었다. 한 나라의 왕이 주머니에 돈을 지니겠는가. 내시와 궁녀 들도 궁 안에서 돈 쓸 일이 없었다. 결국 관노의 돈을 꾸어 초를 사 왔다. 대관절 이게 무슨 일인가. 이런 법도가 어디 있는가 하고 군사들과 관노들 또한 영문을 알지 못하였다.

새 왕이 상왕께서 수강궁으로 옮겨 갔다는 소식을 들은 것은 상왕과 대비가 수강궁에서 마주 앉아 눈물을 흘리고 있을 때였다. 왕은 상왕의 처사를 못마땅하게 여겼으나 달리 어찌할 수 없어 급히 명하여 상왕께서 쓸 물품을 넉넉히 수강궁으로 보내게 하였다.

11장 이 몸이 죽어 가서 무엇이 될꼬

상왕의 존호는 태상왕.

상왕은 새 왕의 알현을 거절하였다.

민심은 여전히 불안했다. 상왕 복위를 도모하는 이들이 모였다. 성승, 성삼문, 박팽년, 유응부, 하위지, 이개, 유성원, 김질 등.

성승은 아들 삼문을 꾸짖었다.

"네가 어찌 살아 돌아왔느냐."

삼문은 엎드려 말했다.

"죽기는 쉽습니다. 복위는 살아 있어야 합니다."

성승의 눈에서 피눈물이 흘렀다.

왕은 명나라의 승인을 얻고자 했다.

청원하는 주문이 지어졌다. 상왕이 병약하여 자진 선위했다는 내용이었다. 그러나 명 조정은 의심했다. 상왕은 병약하지도, 어리석지도 않았다. 결국 승인은 떨어졌다.

왕은 경복궁에 들어가 왕후를 책봉하고 공신들에게 작록을 내렸다.

그러나 화근은 상왕이었다. 창덕궁에서 금성대군 집으로 거처를 옮겼다. 출입을 엄격히 통제했다. 존호는 남았으나 실상은 유폐였다.

명나라 사신 윤봉이 온다는 소식이 들렸다. 왕은 급히 창덕궁을 수리하고 상왕을 찾아갔다.

일 년 만의 대면이었다.

상왕의 얼굴은 초췌하나 성숙해 있었다.

왕의 얼굴에는 위엄이 더해졌다.

"여기도 좋소."

상왕의 말은 짧았다. 왕은 상왕과 함께 태평관에서 명 사신을 맞이하도록 설득했다. 상왕은 마지못해 허락하였다.

창덕궁 광연전에서 큰 연회가 열렸다.

이날 도총관 성승과 훈련도감 유응부가 운검으로 뽑힌 것은 성삼문, 박팽년 등의 계략에 가장 큰 도움이 되었다.

운검이란 칼을 빼어 들고 왕의 뒤에서 호위하는 직책이다. 운검으로 선 사람이 왕을 죽이려 한다면 그야말로 한 번에 일을 끝낼 수 있는 자리였다. 이날 왕이 동궁을 곁에 앉히고 명나라 사신을 맞이할 예정이었으니, 왕과 동궁의 목숨이 성승과 유응부 두 사람의 칼끝에 달려 있다고 해도 지나친 말이 아니었다.

"수양 부자는 응부가 맡겠으니 다른 놈들을 망설이지 마시오."

유응부의 말은 조금도 과장이 없는 확언이었다.

"그다음 죽일 놈은 신숙주다. 숙주는 나와 평생을 함께한 벗이지만 죄가 중하니 죽이지 않을 수 없다."

성삼문이 말하자 자리에 있던 동지들이 웅성거렸다.

"옳은 말이오. 숙주의 죄는 정인지나 한명회보다
도 무겁소."

"신숙주는 내가 맡겠다. 그놈의 목은 내가 베겠
다."

형조정랑이자 상왕의 이모부인 윤영손이 나섰다.

"정인지의 늙은 목은 내가 맡았소."

팔을 걷어붙이고 나선 이는 김질이었다. 그는 이
번 모의에서 가장 급진적인 인물이었다.

그의 장인은 우찬성 정창손이다. 대신들 가운데
이 일에 내통한 이는 정창손뿐이었다.

이러한 논의는 창덕궁에서 어연이 열리기 전날
밤에 이루어졌다. 이 밖에 장신 박정과 송석동은 각
각 밖에서 창덕궁과 경복궁을 살피고 있다가 궁 안
에서 군호만 울리면 움직이기로 하였다. 궁 안에서
는 잔치 도중 일제히 일을 일으켜 왕과 세자, 정인
지, 신숙주, 한명회 등의 대신을 죽이고, 명나라 사
신이 증인으로 있는 자리에서 상왕을 복위시키고
왕의 죄를 성토한다는 계획이었다.

"이렇게 하면 손바닥 뒤집듯 쉬운 일이오."

그들은 맹세의 술을 마셨다.

"한명회와 권람 두 놈은 내가 맡겠다."

늙은 성승의 눈에 불꽃이 일었다. 성삼문은 정답게 아버지의 주름진 얼굴을 바라보았다.

이제 그 대연회 자리가 펼쳐지고 있었다.

대청 동쪽이 주인 자리로, 남쪽부터 차례로 상왕, 왕, 동궁의 자리가 마련되었다. 서쪽은 객석으로, 역시 남쪽부터 윤봉을 비롯한 명나라 사신 세 사람이 앉았다. 좌우에는 본국 대신과 명나라 수행원이 늘어섰다.

영의정 정인지, 좌의정 한확, 우의정 강맹경, 좌찬성 신숙주, 이조판서 권람, 예조판서 홍윤성, 병조판서 양정, 공조판서 김하, 도승지 한명회, 좌승지 박원형, 동부승지 김질, 좌부승지 성삼문, 전라감사 박팽년, 직제학 이개 등이 주인 편에 입시하였다.

도총관 성승과 훈련도감 유응부는 운검으로 왕의 뒤에 칼을 빼어 들고 섰다.

광연전 마당에는 차일을 치고 풍악과 춤이 준비되었다. 삼천 궁녀 가운데 고르고 고른 이들이 비단

소매를 흔들며 배반 사이를 오갔다. 조선의 힘으로 마련할 수 있는 가장 화려한 잔치였다.

그러나 왕의 마음에는 근심이 없지 않았다. 명나라 사신 앞에서 선위의 내막이 드러나지 않을지, 상왕이나 그를 사모하는 자가 무슨 말을 하지 않을지, 혹 이 틈을 타 목숨을 노리는 일이 일어나지 않을지 염려하였다.

왕이 된 뒤로 의심은 더 깊어졌다. 잠자리에서도 칼날이 튀어나오지 않을지 불안하였다. 정인지나 한명회 같은 심복도 완전히 믿을 수 없었다.

"상감, 내일 운검을 거두시옵소서."

한명회의 말에는 깊은 뜻이 담겨 있었다. 왕은 등 뒤에 선 성승과 유응부를 떠올리며 온몸에 서늘한 기운을 느꼈다.

"또 동궁께서는 본궁을 지키게 하시는 것이 옳을 듯하옵니다."

왕은 밤새 잠을 이루지 못하였다. 그러나 운검을 거두라는 말은 듣지 않았다. 예를 어기기 어렵고, 비겁하다는 소리를 들을까 두려웠기 때문이다.

‘성승과 유응부가 감히 어찌하랴. 천명이 내게 있지 아니한가.’

스스로 마음을 다잡았다.

연회 자리는 예정대로 상왕이 수석에 앉고, 다음에 왕이, 그다음 자리는 동궁을 위하여 비워 두었다. 성삼문은 그 빈 자리를 힐끗 바라보며 침을 삼켰다.

운검 성승이 칼을 차고 전각에 오르려는 순간, 도승지 한명회가 문을 막아섰다.

"운검은 들지 말라 하옵니다."

그 태도는 노골적으로 오만했다.

성승은 격분하여 칼자루에 손을 얹었으나, 뒤에서 있던 성삼문의 눈짓을 보고 말없이 물러섰다. 뒷문 밖으로 나가자 성삼문이 따라 나왔다.

"한명회부터 베겠다. 운검을 막는 것을 보니 낌새를 챈 듯하니, 닥치는 대로 한 놈이라도 베는 것이 좋겠다."

성승의 목에는 핏줄이 불거졌다.

"아닙니다."

성삼문은 손을 들어 만류했다.

"세자가 오지 않았습니다. 오늘은 틀렸습니다. 후일을 도모해야 합니다."

그때 유응부가 칼을 들고 다가왔다.

성삼문이 막아섰다.

"세자가 본궁에 있고 운검도 들지 못하니, 하늘이 허락하지 않은 것입니다. 지금 거사를 하더라도 세자가 경복궁에서 기병하면 승패를 알 수 없습니다. 상감과 세자가 함께 있는 날을 기다리는 것이 옳겠습니다."

유응부는 이를 갈았다.

"일은 번개 같아야 하네. 지연하면 누설될 것이 아닌가. 오늘 저 무리만 베고 상왕을 복위한 뒤 군사를 몰아 경복궁을 치면 되지 않겠는가. 이 천재일우를 놓칠 텐가!"

전정에서 풍악이 울려 퍼졌다. 상왕과 왕이 광연전으로 들어설 시간이 다가오고 있었다.

"늦었네."

유응부가 몸을 내밀려 하자 박팽년이 다급히 붙

잡았다.

"지금은 때가 아닙니다."

유응부는 이를 악물었으나 결국 물러섰다.

이렇게 하여 거사는 중지되었다.

이 사실을 모른 채 신숙주를 베기로 맡았던 윤영손이 칼을 들고 다가가려는 것도 성삼문이 눈짓으로 막았다.

"왜?"

윤영손이 의아해했으나 성삼문의 판단을 따랐다.

그러나 김질은 달랐다. 그는 정창손에게 달려갔다.

"오늘 운검을 폐하고 세자가 오지 않은 것은 천명입니다. 일이 틀렸으니 먼저 상감께 아뢰는 것이 상책입니다. 그러면 부귀가 따를 것입니다."

정창손은 잠시 망설였으나 화를 당하느니 공을 세우는 것이 낫다 여겨 김질과 함께 왕에게 달려갔다.

마침 왕은 명 황제가 보낸 면류관과 황포를 갖추고 광연전으로 나서려던 참이었다.

정창손이 숨 가쁘게 들어와 고했다.

"성삼문 무리가 역모를 꾀하였사오니 속히 처분하소서."

왕의 눈이 번뜩였다.

"무엇이, 성삼문이?"

곁에 있던 한명회는 빙그레 웃었다. 자신의 선견지명이 맞은 것이다.

김질은 양 무릎을 떨며 고했다.

"소신이 그 의논을 들었습니다."

왕의 음성이 떨렸다.

"들은 대로 말하라."

김질은 계획과 중지된 연유를 상세히 아뢰었다. 다만 자신이 깊이 관여한 사실은 감추었다.

왕은 연회를 접고 경복궁으로 환궁하였다. 명나라 사신에게는 병환이라 전하게 하고 정인지, 신숙주, 한명회 등 심복만을 남겼다.

편전에서 정신을 가다듬은 왕은 곧 성삼문을 잡아들이라고 명하였다. 내금위 조방림이 달려가 성삼문을 다짜고짜 철퇴로 어깻죽지를 내리치고 끌고 왔다.

"좌부승지 성삼문이옵니다."

왕이 친국에 나섰다.

"이놈, 바른대로 이실직고하라!"

성삼문을 본 왕이 분을 못 이기고 소리쳤다.

삼문은 순간 일이 탄로 난 것을 깨달았다. 왕이 연회를 중단하고 급히 돌아온 까닭도 알았다.

"이놈, 네가 죽을 죄를 알겠느냐."

조방림은 성삼문의 두 팔을 비틀어 붉은 오라로 묶었다. 뒤에서 발로 등을 걸어찼다.

성삼문은 고개를 들어 조방림을 바라보았다.

"무슨 일인지 모르겠으나, 형벌이 과하지 않소."

왕의 말에는 대꾸하지 않고 조방림에게 말을 건네는 태도가 오히려 왕의 분노를 더했다.

"이놈, 네가 내 녹을 먹고도 오늘 우리 부자를 해하려 역모를 꾸몄다 하니 사실이냐?"

성삼문은 잠시 허공을 우러러보다가 허허 웃었다.

"그 말을 누가 아뢰었는지 그 사람을 불러 대질케 하소."

"김질, 나와 면질하라."

김질이 떨리는 무릎으로 나와 섰다.

성삼문이 빙긋 웃으며 물었다.

"이 사람, 무슨 말을 아뢰었소?"

김질은 승정원에서 나눈 대화를 하나하나 늘어놓았다. 대신들을 베고 상왕을 복위하자는 의논 등등.

성삼문은 고개를 끄덕였다.

"그래서?"

김질의 입술이 말랐다.

"그래서 자네는 장인께 그 말을 전하였단 말인가."

김질은 대답하지 못했다.

왕과 신하들의 등골에 찬 기운이 스쳤다.

성삼문은 마침내 왕을 똑바로 바라보았다.

"상왕께서 춘추가 높으셔서 선위하신 것도 아니고, 과실이 있어 물러나신 것도 아니오. 불충한 무리에게 밀려 물러나신 것이니 복위를 도모하는 것이 신하로서 마땅한 일 아니오. 오늘 나리 부자를 베어 천하의 공분을 풀려 했으나 뜻을 이루지 못했소. 마음대로 하시오."

‘상감’이 아니라 ‘나리’라 부르는 말에 왕의 얼굴이 붉게 달아올랐다.

“이놈, 감히 나를 배반하고도 충효를 입에 담느냐.”

성삼문이 웃었다.

“배반이라니. 상왕이 계시는데 어찌 나리를 임금이라 하겠소. 하늘엔 해가 둘일 리 없다, 나는 그 말을 따른 것뿐이오.”

왕은 옥좌에서 벌떡 일어섰다.

“그러면 왜 이제까지 날 막지 못하고 이런 짓을 하느냐!”

“힘이 미치지 못했소. 죽기만 해서는 무익하다 여겨 때를 기다렸을 뿐이오.”

왕은 이를 갈았다.

“불로 지져라.”

무사들이 인두를 달구었다.

성삼문의 옷을 찢어 벗기고 달군 쇠를 살에 대었다. 살이 지글지글 타들어 갔다. 고기 타는 냄새가 진동했다.

그러나 성삼문은 이를 악물었다.

"더 달구어 지져라."

왕은 더욱 분노하였다.

"배꼽을 찔러라. 기절하면 물을 끼얹어 깨워라."

불같이 달군 쇠가 배를 파고들었다.

성삼문은 눈을 번쩍 뜨고 외쳤다.

"성삼문의 몸은 타도 가슴의 충성은 타지 않으리라!"

신숙주가 곁으로 다가오자 성삼문은 노한 눈으로 꾸짖었다.

"숙주야. 집현전에서 영릉(세종)께서 원손을 안고 거니시며 하신 말씀을 잊었느냐. 천추만세에 이 아이를 생각하라 하신 말씀을…"

신숙주는 얼굴이 흙빛이 되어 고개를 숙였다.

성삼문은 끝내 쓰러졌다. 냉수를 끼얹어 다시 일으켜 세웠다.

"형벌이 참혹하구려."

그 말을 남기고 기절하였다.

이어 박팽년이 끌려 나왔다.

왕은 그를 아꼈다. 문장과 학문이 뛰어나 세조 스스로도 현판에 걸어 칭송했던 인물이었다.

한명회가 귓속말로 속삭였다.

"모른다 하라. 그러면 살리리라."

박팽년은 마루에 흥건한 성삼문의 피를 가리켰다.

"저 피를 보시오. 충신의 피요."

"왜 나를 나리라 부르느냐."

"상왕의 신하이니 나리 신하가 아니오."

왕은 격노했다.

"쳐라."

입에서 피가 흘러도 박팽년은 굽히지 않았다.

"두 임금의 녹을 먹지 않겠소. 받은 녹은 따로 쌓아 두었으니 가져가시오."

이어 유응부가 나왔다.

"오늘 한칼로 임자를 베려다 일이 틀렸으니 빨리 죽이시오."

'임자'라는 말에 왕은 소름이 돋았다.

"껍질을 벗겨라."

칼이 목에서부터 내려갔다. 살점이 갈라지고 피가 흘렀다. 그러나 유응부는 아프다는 소리조차 내지 않았다.

"천재일시를 놓쳤구나. 만전지계라더니 이 꼴이로다."

하위지는 담담했다.

"참칭왕을 패하려 했을 뿐이오."

"벼슬이 부족해서냐?"

"영의정을 준다 해도 받을 이 아니오. 의를 지키려 했을 뿐."

왕은 더 묻지 못했다.

마침내 성삼문이 형장으로 끌려 나갔다.

"자네들은 현주를 도와 나라를 태평케 하게. 나는 지하에서 옛 임금을 뵈리라."

영추문 밖, 수레가 준비되어 있었다. 피투성이가 된 성삼문이 모습을 드러내자 사람들이 울음을 터뜨렸다.

수레에 오르며 그는 시를 읊었다.

북은 울려 목숨을 재촉하고
돌아보니 날은 저무네
황천에 주막 없으니
오늘 밤은 어디서 자리오.

수레는 삐걱거리며 육조 앞을 지나갔다. '역적 성
삼문'이라 적힌 기가 흔들렸다.
"충신이 죽는구나."
속삭임이 바람처럼 번졌다.
다섯 살 딸이 울부짖었다.
"아버지!"
"울지 말아라. 너는 계집아이니 살 것이다."

황토마루에 이르렀을 때였다.
왕은 김질과 금부랑 김명중을 보내 마지막으로
뜻을 돌리라 권하게 하였다. 뜻만 거두면 목숨은 살
려 주고 높은 벼슬로 보답하겠다는 전갈이었다.
성삼문은 시 한 수를 읊었다.

이 몸이 죽어 가서 무엇이 될꼬 하니
삼각산 제일봉에 낙락장송 되었다가
백설이 만건곤할 제 독야청청하리라.

이개 또한 시를 남겼다.

가마귀 눈비 맞아 희는 듯 검느니라
야광명월이야 밤인들 어두우랴
임 향한 일편단심이야 변할 줄이 있으랴.

박팽년도 붓을 잡았다.

금생여수라 한들 물마다 금이 나며
옥출곤강이라 한들 산마다 옥이 나며
아무리 년필종부라 한들 임마다 좋을소냐.

김명중이 나직이 타일렀다.
"노친이 계시지 않소. 말 한마디면 풀릴 일을 어
찌 이 화를 당하시오."

박팽년은 피 맺힌 입술을 깨물며 말하지 않았다.

유응부는 말없이 눈만 한번 흘겼다.

하위지는 산처럼 묵묵했다. 그들의 침묵은 말보다 더 완강하였다.

군기감 앞 형장에는 이미 여러 사람이 결박된 채 서 있었다.

성삼문의 아버지 성승, 형제들, 박팽년의 아버지와 아우들, 권자신과 그 일가, 송석동과 여러 연루자들….

성삼문은 먼저 능지처참을 당했다. 사지가 갈라지고, 목이 베여 여섯 토막으로 나뉘었다. 눈 감지 못한 머리는 상투를 묶어 높이 매달렸다. 여름 달빛 아래 피가 마르지 않았다. 뒤를 이어 박팽년, 이개, 유응부, 하위지, 성승, 박정이 차례로 형을 받았다. 권자신과 송석동도 뒤따랐다.

형장에는 피가 강물처럼 흘렀다.

밤이 깊어도 형벌은 끝나지 않았다.

문무백관이 둘러서서 지켜보았다. 돌팔매가 날아들고, 어둠 속에서 누군가 "정인지야, 신숙주야." 하고 외치는 소리가 들렸다. 대관들은 군사의 호위를 받으며 급히 흩어졌다.

달빛이 피 묻은 머리를 비출 때, 파수 서던 군사들조차 몸서리를 쳤다.

이튿날은 더욱 참혹하였다. 아버지와 할아버지가 죽은 그 자리에서 육십여 명의 자손과 연루자가 처형되었다. 젖먹이까지 남자이면 죽이라는 명이 내렸다. 잉태한 여인은 해산을 지켜보고 사내아이면 베라 하였다.

성삼문 집안은 씨가 마르다시피 했다.

박팽년 집안도 한자리에 모여 죽음을 맞았다.

유응부, 권자신, 송석동의 자손들 또한 예외가 아니었다.

하위지의 아들들은 선산에서 잡혀 교형을 당했다. 어린아이까지 꼿꼿이 서서 올가미를 받았다. 선산 부민 수천이 눈물을 흘렸다.

유성원은 형이 집행되기 전 집으로 돌아가 사당에 절하고 자결하였다.

"불효 성원, 두 번 가문을 더럽히지 않고 죽습니

다.”

칼이 목을 꿰뚫었다. 피가 뜰을 적셨다.

그의 시신도 끌려와 형장에서 찢겼다.

성삼문 사건이 있고 사흘 뒤, 혜빈 양씨와 한남군, 영풍군이 사형을 받았다. 명백한 증거는 없었으나 상왕과 가깝다는 이유만으로 역모의 그물에 묶였다. 종실이라 능지는 면했으나 교형을 받았다.

세조는 친동기 네 사람의 목숨을 끊었다. 금성대군은 순흥에 안치되었고, 송현수와 영양위 정종은 귀양을 보냈다. 죄목을 만드는 일은 어렵지 않았다.

왕은 반교문을 내렸다.

안평대군의 난이 뿌리였고, 성삼문 등은 그 잔당이라 하였다. 상왕과 내통하여 자신을 해하고 어린 이를 끼고 정사를 농단하려 했다 적었다. 종묘사직의 도움으로 큰 악을 미리 드러내 죄인을 처단하였다 선포했다. 그러고는 관대한 은혜를 베풀겠다 하였다. 역적이 모두 죽었으니 나라가 경사라 하며, 전국의 죄수를 대사면하였다.

공신은 승진하였다. 정창손은 이등공신이 되고,

김질은 상락부원군에 봉해졌다.

그러나 백성의 입은 막지 못하였다.

형장이 식기도 전에 곳곳에서 탄식이 퍼졌다.

"충신이 죽었다."

피비린내는 쉽게 가시지 않았다.

12장 세상에 없는 역모

서강에 김정수라는 자가 살았다. 일정한 직업도 없이 서울의 대가 사랑을 드나들며 의술도 안다 하고, 풍수도 본다 하고, 점도 친다 하며 살아가는 자였다.

그의 누이 하나가 여량부원군 송현수 집에 침모로 들어가 있었다. 그런데 대감이 가까이한다는 의심을 받아 모욕을 당하고 쫓겨났다. 누이는 울며 오라버니에게 하소연하였다.

김정수는 이를 듣고 웃으며 말했다.

"오냐, 속 시원하게 해 주마."

그는 원수만 갚을 생각이 아니었다. 이 기회에 한 몫 단단히 보자는 계산이었다.

곧 갓을 쓰고 제학 윤사균의 집으로 갔다. 사균이 신숙주와 가까운 것을 알기 때문이었다.

윤사균은 평소처럼 반쯤 조롱하며 맞았다.

"어, 김 서방인가."

정수는 일부러 성난 체하였다.

"사십이 넘도록 서방이라니, 내 이마에 서방 두 글자 새겼소?"

가벼운 농담이 오가다가 정수는 문득 정색하였다.

"영감, 큰일이 났소이다."

"무슨 큰일인가. 또 역모라도 일어났단 말인가?"

역모라는 말에 사균의 눈빛이 번쩍했다. 혹시 공을 세울 기회가 아닌가 하는 생각이었다.

정수는 뜸을 들이다가 마침내 사균의 귀에 속삭였다.

"송현수."

사균은 반신반의하였다.

"그래 송현수가? 누구와 함께?"

정수는 다 말하지 않았다. 일부러 말을 아꼈다. 공을 빼앗기지 않기 위해서였다.

결국 두 사람은 궁으로 들어갔다. 사균은 왕에게 송현수가 왕을 시해하고 상왕을 복위하려 한다는 말과, 권완이 드나든다는 말, 송현수 부인 민씨가 상왕과 내통한다는 말까지 고하였다. 모두 김정수가 꾸며 낸 이야기였다.

왕은 오래전부터 송현수를 제거할 구실을 기다리고 있었다. 송현수가 누구인가? 상왕의 왕후 아버지이다.

곧 판돈녕부사 송현수와 권완을 잡아 오게 하였다. 궁 안은 친국을 준비하느라 법석이었다. 사정전에서 왕은 대신들 앞에 두 사람을 세웠다. 왕은 이미 상왕(단종)과 현덕왕후까지 연루된 듯한 뜻을 내비쳤다.

정인지는 대신을 대표하여 죄가 만 번 죽어 마땅하다 하였다.

송현수와 권완은 굽히지 않았다.

"이제 죽는 마당에 허리를 굽혀 무엇 하오."

권완은 노려보며 말했다.

"나리 같은 역신을 멸하지 못하고 죽는 것이 한이오."

왕은 크게 노하여 두 사람을 결박하고 치게 하였다.

"상왕과 통모하였느냐?"

왕의 물음에 송현수는 단호히 답하였다.

"내가 한 일은 나 혼자의 일이지, 상왕이 아실 리 없소."

결국 두 사람은 가두어졌다. 며칠 뒤 멸문을 당하였다.

이 사건은 단순한 역모가 아니었다. 이 터무니없는 사건을 엮어 정인지는 득달같이 상왕을 강등하는 상소를 올렸다.

13장 고운 임 여의옵고

1457년 7월 12일(음력 세조 3년 6월 21일), 세조는 교지를 내렸다. 상왕을 노산군으로 강봉하고 유배를 보내는 것이었다.

노산군이 서울을 떠나 유배길에 오르는 날이다.

어디로 가시는가? 머나먼 강원도 영월 청령포였다.

노산군이 머물던 금성대군의 궁은 초상 난 집처럼 적막하였다. 사람들의 숨소리마저 무거웠다.

노산군은 울음을 참고 있었다. 끝까지 대장부의 기개를 잃지 않으려는 마지막 자존이었다. 그러나 부인 송씨와, 본래 후궁이었으나 이제는 아무 칭호도 남지 않은 권씨와 김씨는 차마 슬픔을 숨기지 못하였다.

이미 국모의 자리에서 쫓겨난 일조차 생각할 겨를이 없었다. 친정 부모 송현수 부처가 참혹하게 죽임을 당한 지 이레 만에, 살아 있는 남편과 생이별을 해야 하는 이 설움. 인생에 이보다 더한 고통이 또 있으랴.

권씨 또한 아버지 권완과 일족이 도륙을 당하였다. 그는 송씨와 함께 영월까지 따르겠다고 간청하였다. 그러나 허락되지 않았다. 그 까닭을 정확히 아는 이는 없었다. 밖에서는 혹 자손이 태어날까 염려해서라 수군거렸다. 자손이 생기면 후환이 되고, 죽이면 또 번거로울 것이니 아예 부부가 함께 있지 못하게 하려는 뜻이라는 말이었다.

"종사에 큰 죄인이 목숨만 부지하는 것도 과분하다. 무슨 식솔이란 말이냐."

왕은 그렇게 말하였다.

그날 왕은 내시 안로를 시켜 화양정에서 소규모

송별 자리를 마련하게 하였다. 겉으로는 전별이었으나 속뜻은 달랐다.

안로는 술잔을 올리며 말했다.

"나리, 이게 무슨 일이옵니까. 아무 죄도 없으신데 성삼문 때문에 괜히…."

그는 동정하는 듯 말끝을 흐리며 눈치를 살폈다. 왕이 노산군의 입으로 성삼문의 말을 캐 오라 한 까닭이었다.

"소인에게는 말씀 못 하시겠습니까. 성삼문이 무슨 말을 아뢰었습니까?"

늙고 교활한 안로의 물음은 집요했다.

노산군은 한동안 그를 바라보았다. 한때 신하였던 자들 가운데 누구 하나 따라오지도, 문안하지도 않는 이때에 그래도 전별을 한다는 정을 보이니 고맙게 여기려 하였으나 그 물음의 속셈을 알아차리는 순간 얼굴빛이 달라졌다.

"이 늙은 여우 같은 자야, 당장 물러가지 못할까."

노산군은 술잔을 들어 안로의 얼굴을 내리쳤다. 잔이 코를 치고 피가 흘렀다.

죄인의 몸이었으나 그 순간만큼은 절대 임금이었다.

노산군이 작은 가마를 타고 종로를 지나 동대문으로 나아갈 때, 장안 백성들은 길바닥에 엎드려 울며 배웅하였다.

"우리 상감마마 어디로 가시오!"

소리치다 관노에게 얻어맞는 노인도 있었다.

장마는 걷혔으나 비는 오락가락하였다. 볕이 나면 길가 풀잎이 시들 만큼 더웠다. 말복이 막 지나지 않았던가.

첨지 어득해가 앞장섰다. 군사 50명이 앞뒤로 나뉘어 따랐다. 의금부 도사 왕방연은 날랜 나졸 넷과 함께 노산군 바로 뒤에서 말을 몰았다. 군자정 김자행과 내시부사 홍득경 또한 가마 곁을 떠나지 않았다.

군사들은 배불리 먹고 길을 가며 떡을 꺼내 먹었다. 그러나 노산군은 거의 수라를 들지 못하였다. 이날도 아침에 부인이 올린 미음 한 그릇이 전부였다. 해가 기울 무렵, 허기와 갈증을 참기 어려웠다. 누구 하나 물 한 모금 권하지 않았다. 곁에 따르는 홍득경에게 먹을 것을 청하였다.

"왜 이리 급하시오. 나리 먹을 것은 영월에 가야 있지요."

"이것도 왕명이냐."

노산군의 음성이 높아지자 첨지 어득해가 호통쳤다.

"명대로 아니하면 압송하라 하셨소. 잠자코 가시오."

점심도 굶은 채 길은 길게 이어졌다.

양주 의정부에 거의 이르렀을 때, 차성복이라는 사내가 행렬을 만났다. 처음에는 누구인지 몰랐다.

"어느 행차요?"

"노산군이오."

"노산군이 누구요?"

"상왕이 이제 노산군이라오."

그 말에 차성복은 무릎을 꿇고 엎드렸다. 높던 지위를 잃고 어느 시골로 쫓겨 가는가 생각하니 황망하였다.

뒤따라가던 그는 행인들의 말을 들었다.

“온종일 수라를 안 올렸대.”

“영월까지 아무것도 드리지 말라 하셨다네.”

소문은 퍼졌다. 군사들조차 먹는데 노산군에게 올리는 것을 보지 못한 사실이 증거였다. 군자정 김자행과 홍득경은 대접을 살피러 온 것이 아니라 학대를 감독하러 온 눈이었다. 왕방연은 차마 먹고 마시는 것이 목에 넘어가지 않았다.

그날 밤, 차성복은 시루떡과 대구어를 싸 들고 숙소를 찾았다. 여름 그믐밤은 캄캄하였다. 벌레 소리, 먼 논의 개구리 소리, 개 짖는 소리만 들렸다.

그는 몰래 노산군 방으로 들어갔다.

노산군은 모기를 쫓으며 잠들지 못하고 있었다. 사람의 기척에 깜짝 놀라 일어나 앉았다. 혹 자객이 아닌가 의심하였다.

차성복은 물건을 내려놓고 엎드렸다.

“오늘 수라 못 드셨다 하여 떡과 자반을 바치옵니다. 길에서 드시옵소서.”

노산군은 허기진 몸으로 떡을 떼어 입에 넣었다.

“네 충성이 가상하다. 너는 누구냐?”

“양성 사는 차성복이옵니다.”

“나는 오래 살지 못할 몸이다. 죽어도 돌아갈 곳이 없으니, 혼이 남는다면 네 집에 의탁할지도 모른다.”

성복은 울며 물을 떠다 올렸다.

산을 넘고 강을 건너, 비에 젖고 볕에 그을리며 마침내 영월 청령포에 이르렀다.

삼면은 산, 동쪽은 강. 수목이 울창하고 물소리가 밤새 끊이지 않는 작은 섬 같은 곳이다.

노산군의 거처는 수풀 속 초가 서너 채 가운데 한 채였다. 나머지는 군사와 궁노의 숙소였다. 군사 이십, 궁노 십, 뒤늦게 온 궁녀 여섯, 내시 둘. 영월부에서도 군졸이 날마다 드나들었다.

집은 어둡고 습했다. 밤이면 산짐승 소리가 들렸다.

노산군은 서울에서 오는 길 내내 한 번도 불쾌함을 드러내지 않았다. 허기와 갈증, 모기와 무례를 묵묵히 견디었다. 그래서 따르는 자들이 오히려 감동하였다.

금부도사 왕방연은 사흘 뒤 떠나기 전날, 잠시 냇가에서 시 한 수를 지어 읊었다.

천만 리 머나먼 길에 고운 임 여의옵고
내 마음 둘 데 없어 냇가에 앉았으니
저 물도 내 안 같아야 울어 밤길 예놋다.

뒤돌아가는 그의 발길은 자꾸 머뭇거렸다.

청령포에 온 지 얼마 지나지 않아 칠월 백중이 되었다.

궁녀들은 제사를 지내기로 마음을 모았다. 방아도, 시루도 없었다. 산에는 도라지와 고사리가 가득했으나 캐 본 이가 없었다. 늙은 궁녀가 인근 민가를 다니며 기구를 빌렸다. 기름, 차조, 옥수수, 버섯, 열무, 오이, 수박까지 백성들이 스스로 들고 왔다. 말은 없었으나 마음은 있었다.

후원 늙은 소나무 아래 단을 만들었다.

노산군은 친히 지방을 썼다.

삼생부모 영가.

세종과 문종.

현덕왕후.

억울하게 죽은 충신들.

성삼문, 박팽년, 하위지….

그리고 외가와 장인 장모, 유모까지 빠짐없이 적었다.

끝에는 '충혼원혼'이라 썼다.

촛불 아래 붓끝이 떨렸다.

밤이 깊어 제사가 끝날 무렵, 갑자기 굵은 빗방울이 떨어지기 시작했다. 순식간에 폭우가 쏟아졌다. 번개가 하늘을 갈랐다. 부엌 뒷벽이 무너지고 산물이 들이쳤다. 마당은 바다처럼 붉게 넘쳤다.

궁녀들은 노산군 곁에 모여 떨었다.

"산으로 가자. 나를 따르라."

옷이 젖고 물이 무릎까지 차올랐다. 번개가 번쩍이는 순간, 절벽 사이 쓰러진 큰 소나무 하나가 다리처럼 걸린 것이 보였다.

"하늘의 도움이로구나."

모두 함께 소나무 다리를 건너 무사히 읍내로 들어갔다.

이 일 뒤로 청령포가 위험하다 하여 객사 동헌으로 옮겨졌다. '관풍헌'이다.

반년이 흘러 정축년 봄이 되었다.

봄밤, 노산군은 관풍헌에 올라 두견 소리를 들었다. 달빛 아래 난간에 앉아 움직임 없이 하늘을 바라보았다. 퉁소 소리가 울리면 인근 백성들이 한숨을 쉬었다.

그는 시를 지었다.

달 밝은 밤 두견 울 제
수심 품고 누 머리에 기대었으니
네 울음 슬프거든 내 듣기 더욱 애닳구나….

또 다른 밤에는

한 번 원통한 새 되어 궁궐을 떠나니
외로운 그림자 푸른 산에 머문다….

밤이 가고 밤이 와도 잠을 이루지 못하고….

시를 사람에게 읊게 하고, 그 소리를 들으며 고개를 떨구었다. 좌우에 있던 이들도 소매로 눈을 훔쳤다.

여름이면 금강정에 올랐다. 강물 소리를 오래 들었다.

강물은 끊임없이 흐르는데 세월은 멈춘 듯하였다.

찾아오는 사람들, 변장한 옛 신하들이 찾아왔다.

조상치, 구인문, 원호, 권절, 송간, 박계손, 유자미 등등.

김시습도 승려 차림으로 왔다.

그들은 오래 말하지 않았다. 엎드려 울고, 손을 붙잡고, 다시 돌아섰다. 십 보 가다 한 번, 이십 보 가다 한 번 뒤를 돌아보았다.

노산군은 반드시 일어나 손을 잡아 주었다.

한편 순흥의 금성대군은 조용히 사람을 모으고 있었다. 이보흠이 부사로 내려오자 두 사람은 뜻을 나누었다. 밤마다 미복으로 만나 거사를 논의했다. 삼백 군사, 칠십 관속, 인근 정병까지 모으면 육칠백. 영남을 장악하고 영월에서 노산군을 모셔 와 복위시키자는 계획이었다.

이보흠은 격서를 썼다.

천인이 공노할 일이라, 상왕을 복위하자고.

두 사람은 서명하고 봉하여 문갑에 넣었다.

시녀 금련은 오래 금성대군을 사모했으나 뜻을 이루지 못했다. 부사의 급창과 눈이 맞았다. 급창은 의논을 엿듣고 격서의 존재를 알았다. 그것을 훔치면 부귀가 따를 것이라 속였다.

그날 밤, 금련은 조심스레 방에 들어가 문갑을 열었다. 격서를 허리에 숨겼다.

대문 밖, 급창이 기다렸다.

"이리 내어."

"나도 데려가."

실랑이 끝에 급창은 격서를 빼앗아 달아났다. 서울로 향하는 그의 얼굴에는 웃음이 떠돌았다.

이튿날, 대군은 격서가 사라진 것을 알았다.

"이게 웬일이냐."

금성대군은 절망하였다.

급창은 격서를 품에 넣고 서울로 달려갔다. 밤을 새워 길을 재촉하였다. 얼굴에는 들뜬 웃음이 떠돌았다. 발걸음은 가볍고 숨은 거칠었다. 머릿속에는 오로지 공명과 상급, 벼슬과 부귀의 그림자만이 어른거렸다. 부사가 베풀어 준 은혜도, 금련의 정, 또한 늙은 부모의 얼굴도 그의 생각을 붙잡지 못하였다. 그는 이미 사람을 저버리고 욕망을 좇는 자가 되어 있었다.

한편 금성대군과 이보흠은 격서가 사라진 사실을 알고 한동안 말을 잇지 못하였다.

"급창이 온종일 보이지 아니하옵니다."

이 말이 결정적이었다.

이보흠은 즉시 나졸을 보내 급창의 집을 뒤지게 하였다. 늙은 부모를 잡아들였으나 그들도 아들의 행방을 몰랐다. 급창은 이미 멀리 달아난 뒤였다.

금성대군은 잠시 눈을 감았다.

"내가 경솔하였구나."

그러나 이미 엎질러진 물이었다.

서울에 도착한 급창은 곧 상소를 올렸다. 격서를 증거로 바쳤다. 순흥에서 군사를 모아 상왕을 복위하려 한다는 내용이 낱낱이 드러났다. 조정은 발칵 뒤집혔다.

왕은 격서를 받아 읽었다. 한 줄 한 줄 읽어 내려갈수록 얼굴빛이 굳어졌다. 손이 떨렸다.

"금성…."

피붙이의 이름을 입에 올리는 것이 쓰라렸다. 그러나 이미 되돌릴 수 없는 길을 걸어온 자였다.

즉시 체포 명이 내려졌다. 순흥에 금성대군을 체포한다는 소식이 닿았을 때, 그는 담담하였다. 이미 각오한 일이었다. 이보흠 역시 결박되었다. 두 사람은 서로를 바라보았다. 말은 없었으나 뜻은 통하였다.

서울로 압송되는 길, 금성대군은 단 한 번도 고개

를 떨구지 않았다. 죄인의 수레였으나 기개는 변하
지 않았다.

조정에서 국문이 열렸다.

"역모를 꾀하였는가?"

"상왕은 억울하시다."

그 한마디였다.

끝까지 스스로를 변명하지 않았다. 왕을 원망하
는 말도 하지 않았다. 다만 상왕의 억울함을 말하였
다.

형벌이 내려졌다.

금성대군은 담담히 죽음을 맞았다.

이보흠 또한 처형되었다.

금성대군과 순흥의 일이 발각되어 피로 끝났다는
소식이 영월에 전해졌을 때, 노산군은 한동안 말을
잇지 못하였다. 그 소식을 전하는 자의 음성이 마치
먼 데서 들려오는 듯하였다.

금성은 어린 시절 함께 궁궐 마당을 뛰놀던 숙부
였다. 활쏘기를 가르쳐 주고, 말을 타는 법을 일러
주던 사람. 그가 반역의 이름으로 죽었다는 말을 들

는 순간, 노산군의 가슴속에서는 말로 할 수 없는 울림이 일었다.

그날 밤, 그는 정자에 올라 오래 달을 바라보았다. 두견 소리가 산을 울렸다. 바람은 서늘하였다.

"나 하나로 인하여 피가 또 흐르는구나."

낮은 목소리였다. 듣는 이가 없어도, 하늘은 들을 것 같았다.

궁녀들은 멀찍이 서 있었다. 그 얼굴에는 두려움과 슬픔이 함께 서려 있었다. 금성대군 사건 이후 감시는 더욱 엄해졌다. 군사들의 눈빛이 달라졌다. 영월부 관속들도 전보다 조심스러워졌다. 혹 누가 밀고할지 모른다는 불안이 늘 깔려 있었다.

그러나 노산군은 예전과 다르지 않았다.

산책을 나가면 길가 백성들이 고개를 숙였다. 그는 가볍게 눈인사를 하거나 고개를 끄덕일 뿐이었다. 말은 적었다.

세조도 마음이 편할 리 없었다. 왕은 겉으로는 단호하였으나, 밤이 되면 다른 얼굴이 되었다. 금성대군의 일로 조정은 더욱 굳어졌지만 왕의 마음속에는 설명하기 어려운 그림자가 드리웠다.

어떤 밤에는 현덕왕후가 꿈에 나타났다. 말은 없었다. 다만 서늘한 눈빛으로 바라볼 뿐이었다. 또 어떤 밤에는 어린 조카의 얼굴이 떠올랐다. 피 묻은 손을 씻으려 하나 물이 붉게 변하는 꿈을 꾸기도 하였다.

"내가 왕이 되려 하여 이 모든 일을 저질렀구나."

입 밖으로는 내지 못하는 말이었다.

왕은 강원 감사에게 노산군을 편안히 모시라 명하였다. 채소와 과일을 충분히 올리게 하고, 거처를 돌보게 하였다. 내시를 보내 문안도 하게 하였다.

겉으로는 은전이었다.

그러나 속에는 두려움이 섞여 있었다.

봄이 지나고 여름이 오면 영월의 강물은 더욱 불었다. 금강정에 오르면 여울 소리가 맑게 울렸다. 노산군은 난간에 앉아 오래 강을 바라보았다.

강물은 흘러가는데 그의 세월은 그 자리에 머문 듯하였다.

밤이 되면 퉁소 소리가 울렸다. 달은 산 위에 걸리

고 두견은 끊임없이 울었다.

　노산군은 시를 읊었다.

　　한 몸은 푸른 산에 묶이고
　　마음은 구름 따라 궁궐로 가네
　　강물은 천 번 만 번 흘러가되
　　이 한은 어찌 씻으리오.

　좌우에 있던 궁녀들은 숨을 죽였다. 그 소리가 마치 자신의 심장 소리처럼 들렸다.

　처음에는 백성이 분노하였다. 어린 임금이 쫓겨났다는 사실에 초동목수까지 이를 갈았다. 그러나 세월은 잔인하였다. 사람들은 먹고살기에 바빴다. 또 다른 사건이 일어나고, 또 다른 죽음이 생겼다. 슬픔은 겹겹이 쌓이며 앞의 슬픔을 덮었다.

　그렇다고 완전히 사라진 것은 아니었다.

　마치 생나무에 난 상처처럼, 겉은 아물어도 속은 곪아 갔다.

　영월에 사는 백성들 또한 처음의 두려움이 조금

씩 풀렸다. 밤중에 몰래 채소를 두고 가는 이, 강가에 생선을 놓고 가는 이도 있었다. 군사들 역시 노산군의 태연함과 인자함에 차츰 마음이 움직였다.

그는 단 한 번도 불평하지 않았다. 누가 무례하게 굴어도 노여움을 드러내지 않았다. 그 위엄은 여전히 남아 있었다.

그러나 조정의 기류는 달라지고 있었다. 금성대군 사건은 단순한 반역이 아니었다. 노산군을 중심으로 다시 세력이 모일 수 있다는 신호로 받아들여졌다. 몇몇 대신은 노산군을 그대로 두는 것이 화근이 될 것이라 은근히 아뢰었다.

왕은 쉽게 결단하지 못하였다.

"그는 이미 군이요, 힘이 없다."

그리 말하면서도 마음은 편치 않았다. 만일 또 다른 금성이 나타난다면? 또 다른 격서가 돌아다닌다면?

두려움은 권좌를 지키는 자의 숙명이었다.

가을이 깊어 가고 있었다. 강가에는 물안개가 아침마다 피어올랐다.

노산군은 어느 날 관풍헌 정자에 올라 오래 머물렀다. 달이 떠오르고 두견이 울기 시작할 때까지 자리를 뜨지 않았다.

"이 세상에 내 자리는 없구나."

혼잣말처럼 흘러나왔다.

그는 이미 모든 것을 내려놓은 듯 보였다. 분노도, 원망도, 집착도 점차 엷어졌다. 대신 깊고 고요한 슬픔이 자리를 대신하였다.

밤이 깊어 숙소로 돌아오는 길, 그는 잠시 하늘을 올려다보았다. 별빛은 맑았다.

이날 영월부에는 금부도사가 내려왔다는 말이 번졌다. 사람들은 낮은 목소리로 수군거렸고, 노산군을 모시는 시녀들과 종인들 또한 그 말을 듣자 가슴이 저절로 뛰었다. 순흥에서 큰 고개 하나만 넘으면 영월이다. 사흘 길도 채 되지 않는다. 금성대군 사건이 일어났다는 소식이 영월에 전해진 지도 이미 수십 일이 지났고, 금성대군이 안동 옥에서 교살되었다는 말이 들어온 지도 며칠은 되었다. 그 일이 있고 난 뒤, 누구나 짐작하고 있었다. 이제 노산군에게도 무슨 일이 닥칠 것임을.

금성대군이 순흥에서 잡혀 안동으로 이송되었다는 소식을 들은 날, 노산군은 밤을 새워 울었다.

"금성 숙부마저 돌아가시면 나는 누구를 의지하나."

그 한마디가 끝나기도 전에 눈물이 이어졌다. 좌우에 모신 이들도 모두 목을 놓고 울었다. 그 뒤로 노산군은 시녀들과 내시들, 또 스스로 원하여 따라와 수종 들던 오륙 인의 선비들에게 돌아갈 길을 찾는 것이 옳겠다고 말하였다. 그러나 사람들은 사생을 함께하겠다 하며 끝까지 곁을 지키겠다고 맹세하였다.

이러한 때에 금부도사가 내려온 것이다.

내려온 이는 지난해 노산군을 호송했던 왕방연이었다. 그는 사약을 받들고 처소에 이르렀다.

그때 노산군은 익선관과 곤룡포를 갖추고 당중에 단정히 앉았다.

"무슨 일로 내려왔느냐. 상감은 강녕하시냐."

왕방연은 고개를 들지 못하였다. 이때 나장이 시

각이 늦는다며 발을 구르고 재촉했다. 왕방연은 노산군의 위엄을 마주하는 순간, 내려온 뜻을 차마 말하지 못했다. 그저 이마로 마당을 짚으며 흐느낄 뿐이었다.

노산군은 그 모습을 보고 엎드린 곁에 놓인 백지로 봉한 네모난 작은 상자를 보았다. 더 묻지 않았다.

대문 밖에서 나장의 소리가 날카롭게 울렸다.

"유시오, 유시오."

형이 집행될 시각을 알리는 것이다.

왕방연은 여전히 엎드려 울고 있었다. 그때, 평소 노산군을 따라와 모시던 공생 한 놈이 활시위를 뒤에 감추어 들고 노산군의 등 뒤로 다가갔다. 순식간 일이었다. 그는 줄을 노산군 목에 감아 졸라매고 복창 밖으로 잡아당겼다.

노산군은 뒤로 넘어졌다. 줄에 끌려가다가 복창 문턱에 걸리며 그 자리에서 숨이 끊어졌다. 그동안 단 한마디 소리도 내지 않았고, 몸부림도 없었다. 고요하였다.

시녀들이 달려들어 줄을 끊고 목을 감싸 안았다. 애써 숨을 돌리려 하였으나 이미 늦었다.

"아이고, 아이고."

머리를 풀어 헤치고 통곡이 터졌다. 그 자리에 있던 수십 명도 함께 울부짖었다. 울음은 산과 강 사이를 메아리쳤다.

공명을 얻으려 노산군의 목을 맨 그 공생은 대문을 나서기도 전에 피를 토하고 그 자리에서 죽었다.

금부도사 왕방연은 군사들에게 명하여 노산군의 시신을 금강에 띄우게 하였다. 이를 만류하는 사람이 있었으나, 그는 말하였다. 이렇게 하지 않으면 시신조차 온전하지 못할 것이라고.

시신이 물에 들어가 둥둥 떠 있었다. 그러나 쉽게 떠내려가지 않았다. 하얀 열 손가락이 물 위로 떴다 잠겼다 하였다. 그 모습을 본 시녀들과 종자들은 더욱 울부짖으며 사랑하는 임금의 뒤를 따라 강물로 몸을 던졌다.

누가 서릿발 명을 내렸는가.

그 시신을 거두는 자는 삼족을 멸할 것이다.

밤이 깊었다. 찬 바람이 불었다. 어둠을 틈나 한 그림자가 움직였다.

그는 영월 호장 엄흥도라는 아전이었다. 그는 몰래 강가로 나왔다.

14장 마마, 늦었습니다. 추우시죠

청령포는 강에 갇힌 땅이었다.

강이 세 면을 감싸 흐르고, 나머지 한쪽은 깎아지른 절벽이었다. 배를 타지 않고는 들어갈 수도 나갈 수도 없는 섬이다.

어린 임금은 그곳에 홀로 남겨졌다.

열여섯 살.

왕이었으나 더는 왕이 아니었다.

낮이면 강 건너에서 구경꾼처럼 지켜보는 시선이 있었고, 밤이면 물소리, 바람 소리뿐이었다.

신하들은 오다 말았고, 말은 줄어들었고, 침묵만 늘어 갔다.

어느 날부터였다.

섬 한가운데 서 있는 큰 소나무에 오르기 시작했다. 나무는 곧게 솟아 있었고, 가지는 강 쪽으로 길게 뻗어 있었다. 그 위에 올라서면 강물과 하늘이 한눈에 들어왔다. 세상은 멀고, 물은 가까웠다.

그는 나뭇가지에 올라앉아 노래를 불렀다.

궁궐에서 배웠던 악곡도 아니고, 잔치에서 울리던 음악도 아니었다. 낮고 느린 가락이었다. 누구에게 들리라고 부르는 노래도 아니었다.

그저, 혼자 견디기 위해 부르는 소리였다.

강은 그 소리를 실어 날랐다. 바람도 실어 보냈다.

건너편 영월 읍내까지.

엄흥도는 그 노랫소리를 처음 들었을 때 걸음을 멈추었다. 저녁 무렵이었다. 물가를 따라 걷다 바람에 실린 가락을 들었다.

사람의 목소리였다.

어린 듯하면서도 깊었다.

처음에는 착각인 줄 알았다. 그러나 다음 날도, 그 다음 날도, 해 질 녘이면 같은 소리가 강을 건너왔다. 흐린 날에도, 비가 내리는 날에도, 노래는 끊기지 않았다.

"저 섬에서 나는 소리다."

아전 하나가 귓속말을 전했다.

"귀양 온 임금이 있다 하더이다."

엄흥도는 말없이 강을 바라보았다. 물빛은 붉게 물들어 있었다.

며칠을 더 들었다.

노랫소리는 점점 가늘어졌다. 끝자락이 떨렸다. 어떤 날은 중간에 멎었다가 다시 이어졌다.

그는 더는 참을 수 없었다.

노래가 가슴을 후벼 팠다.

달이 밝은 밤이었다.

엄흥도는 겉옷을 벗어 나뭇가지에 올려두었다.

강물은 차가웠다. 그러나 망설임은 없었다. 물을 가르며 섬 쪽으로 나아갔다. 물살이 세게 밀었으나 그는 물러서지 않았다.

청령포 모래밭에 올라섰을 때, 커다란 나무 위에서 소리가 났다.

"거기 누구냐?"

엄흥도는 숨을 고르며 말했다.

"영월 호장 엄흥도라 합니다."

잠시 침묵이 흘렀다.

나무 위에서 소년이 내려왔다. 달빛에 얼굴이 드러났다. 아직 앳되었으나 눈빛은 어른의 것이었다.

"강을 건너왔느냐?"

"예."

"왜 왔느냐?"

엄흥도는 솔직히 말했다.

"노랫소리를 들었습니다. 매일 들었습니다. 차마 듣고만 있을 수 없었습니다."

소년의 얼굴에 미묘한 변화가 스쳤다. 놀람과 안도와 어쩌면 기쁨!

"내 노래가 들리더냐?"

"강이 옮겨 주었습니다."

소년은 잠시 강을 돌아보았다. 물 위에 달빛이 흘

어져 있었다.

"나는 이곳에 갇혔다. 말할 동무가 없다. 그래서 나무 위에 올라 노래를 부른다."

엄흥도는 고개를 숙였다.

"제가 듣겠습니다."

그날 밤, 둘은 나무 아래에 앉아 오래 이야기를 나누었다. 궁궐 이야기, 스승 이야기, 꿈에 보이는 신하들 이야기. 단종은 말할 때마다 숨을 고르듯 멈추었다.

"나는 밤마다 사육신이 오는 꿈을 꾼다."

"상감마마…."

엄흥도는 처음으로 그를 그렇게 불렀다.

소년은 고개를 저었다.

"여기서는 그렇게 부르지 마라. 나는 그저…외로운 사람이다."

그는 웃으려 했으나 웃지 못했다.

그날 이후, 엄흥도는 밤마다 강을 건넜다. 낮에는 호장으로, 밤에는 한 사람의 벗으로.

소년은 다시 나무에 오르지 않았다. 대신 나무 아

래에서 그가 오기를 기다렸다.

그 소나무는 훗날 관음송이라 불리게 된다. 소리를 들었다 하여 붙여졌다.

강 건너에서 들은 한 사람의 귀와 섬 안에서 불러 보낸 한 사람의 마음이 그 나무 아래에서 만났기 때문이다.

소년은 청령포에 갇혀 있었으나, 더 이상 혼자가 아니었다.

그러나 시월 어느 날, 불귀의 객이 되어 강물에 던져졌다.

강물은 어둠 속에서 흐르고 있었다.

그러나 객은 강물을 따라가지 않았다.

강물조차 데려가지 않았다.

고을의 공기는 숨을 쉬기조차 어려웠다. 노산군이 사약을 받고 숨졌다는 소식은 이미 퍼져 있었다.

세조의 엄명도 함께 내려왔다.

"시신을 수습하는 자는 삼족을 멸한다."

사람들은 울면서도 움직이지 못했다.

관아의 아전도, 백성도, 심지어 가까이 모시던 이

218

들조차 강에 버려진 어린 임금의 몸을 외면했다.

그때 영월의 호장 엄흥도가 나섰다.

그는 강가에 서서 오래 물을 바라보았다.

물결 사이에 흰 옷자락이 걸려 있었다.

차가운 물에 젖은 작은 몸이 달빛 아래 희미하게 떠 있었다.

세 아들이 곁에 섰다.

"아버지, 들키면 우리 모두 죽습니다."

엄흥도는 잠시 눈을 감았다.

그리고 낮게 말했다.

"선을 행하다 화를 입는다면 내가 달게 받겠다."

밤은 깊어 가고 있었다.

그들은 말없이 강으로 들어갔다.

얼음 같은 물이 허리까지 차올랐다.

손끝이 떨렸으나 물러서지 않았다.

어린 임금의 몸은 가볍고도 무거웠다.

열여섯 살의 몸이었다.

왕이었던 몸이었다.

이제는 아무것도 아닌 몸이었다.

엄흥도는 두 팔로 그 몸을 가슴에 안았다.

"전하, 늦었습니다. 추우시죠."

그는 그렇게 속삭였다.

눈보라가 몰아치기 시작했다.

덩치 큰 둘째 아들 광순이 관을 지었다.

엄흥도는 어둔 길을 앞장서 갔다.

어디로 갈까?

동을지산으로 갔다. 선산이었다.

묻을 곳을 찾아 산을 오르는데, 그새 사방이 흰 눈
뿐이었다.

그때 노루 한 마리가 숲에서 뛰어나왔다.

놀라 달아나며 눈을 헤치고 사라졌다.

그 자리에만 눈이 녹아 있었다.

맨흙이 드러나 있었다.

엄흥도는 멈추어 섰다.

하늘을 한번 올려다보았다.

"여기입니까."

아들들은 말없이 땅을 팠다.

땅이 얼어붙어 삽이 들지 않았다.

눈과 흙이 뒤섞였다.

손이 터지고 피가 배어 나왔으나 아무도 멈추지 않았다.

마침내 작은 무덤이 만들어졌다.

엄흥도는 어린 임금을 조심스레 내려놓았다.

얼굴을 마지막으로 보았다.

강물에 젖은 머리카락, 차갑게 굳은 입술, 아직 어린 얼굴.

"이곳은 백성이 지키겠습니다."

그는 깊이 절했다.

그리고 옷소매 한 자락을 뜯어 품에 넣었다.

그날 밤, 산에는 바람만 울었다.

어디선가 자규 한 마리가 울었다.

핏빛 같은 울음이었다.

장례를 마친 뒤 엄흥도는 벼슬을 내려놓았다.

가산을 버리고 종적을 감추었다.

아들들을 흩어 보내고 이름조차 숨겼다.

그의 충절은 그날 밤 눈 속에 묻혔다.

세월은 흘렀다.

피로 세운 권력도 사라지고 왕좌도 바뀌었다.

그러나 청령포 강물은 흐르고, 장릉의 솔바람은 멈추지 않았다.

사람들은 뒤늦게 알게 되었다.

그 밤, 한 평민이 왕의 마지막 길을 지켰다는 것을.

그 이름 엄흥도.

권력도 없고, 군사도 없고, 오직 두 손과 세 아들뿐이었던 한 사람.

그는 왕을 살리지 못했다.

그러나 왕의 존엄을 지켰다.

왕은 홀로 죽었으나 홀로 묻히지 않았다.

눈 속에 묻힌 것은 한 왕이 아니라, 그를 품은 백성의 숨결이었다.

그리고 그의 충의는 사백 년이 지나서야 나라의 이름으로 불렸다.

그러나 그날 밤, 달빛 아래에서 어린 임금을 업고 산을 오르던 그 한 사람의 발자국은 이미 하늘이 알고 있었다.

기록과 기억 사이에서

이 소설의 마지막에 등장하는 엄홍도는 조선왕조실록보다 지역 문헌과 전승 속에 더 또렷이 남아 있는 인물입니다. 그는 영월의 호장이었습니다. 중앙의 권력을 쥔 대신도 아니었고, 역사의 전면에 기록된 인물도 아니었습니다. 그러나 단종의 죽음 이후, 가장 결정적인 순간에 등장합니다.

1457년 단종이 사약을 받고 세상을 떠난 뒤, 시신을 수습하는 자는 삼족을 멸한다는 엄명이 내려졌다고 전해집니다. 실록에는 단종의 죽음과 이후 처리 과정이 기록되어 있으나, 시신 수습 과정은 자세히 전하지 않습니다. 엄홍도가 세 아들과 함께 밤중에 시신을 거두어 암장했다는 이야기는 영월 지역 전승과 후대 문헌에 남아 있습니다. "선을 행하다 화를 입는다면 달게 받겠다."라는 말 역시 사료라기보다 전해 내려오는 표현입니다.

청령포에서 단종이 노래를 불렀고, 그 소리를 듣고 강을 건너가 벗이 되었다는 이야기, 관음송의 유래, 노루가 묏자리를 알려 주었다는 설화, 시신을 묻고 어의 한 자락을 가지고 동학사에서 김시습과 초혼을 했다는 전승은 기록과 구비 설화에 겹쳐 있는 영역입니다. 역사학적으로는 신중하게 다루어야 할 부분이지만, 한 시대의 집단 기억이 응축된 상징이기도 합니다.

이 소설의 마지막 장은 기록을 넘어가려 하지 않았습니다. 다만 기록이 침묵하는 자리에서, 인간의 선택과 마음을 상상하려 했습니다. 권력의 기록은 비교적 분명합니다. 그러나 눈 속에서 한 평민이 내린 결단은 문서보다 기억으로 오래 남았습니다.

단종의 이야기는 흔히 사육신의 절의와 충신들의 의리로 설명됩니다. 그러나 저는 그 마지막에,

벼슬도 명예도 없는 한 지방 관리의 선택을 놓고 싶었습니다. 왕은 정치적으로 폐위되었으나, 인간으로서의 존엄까지 버려진 것은 아니었습니다. 그 존엄을 지켜 준 사람이 엄흥도였습니다.

엄흥도의 공은 훗날에야 추증과 사액으로 기려졌습니다. 그러나 그 밤의 선택은 보상을 전제로 한 행동이 아니었습니다. 저는 그 점에서 깊은 울림을 느꼈습니다. 역사란 결국 제도와 권력의 기록이면서도, 동시에 양심의 기록이라는 생각 때문입니다.

기록과 기억 사이에서, 이 소설은 한 사람의 등을 오래 바라보았습니다.

눈 속에서 임금을 묻고 아들들을 흩어 보내던 그 밤을,

독자 여러분도 함께 생각해 주시기를 바랍니다.

"이 세상에 내 자리는 없구나."
그는 이미 모든 것을 내려놓은 듯 보였다.
분노도, 원망도, 집착도 점차 옅어졌다.
깊고 고요한 슬픔이 자리를 대신하였다.

지은이 춘원 이광수(1892~1950)

1892년 2월 1일(음력) 평안북도 정주에서 출생하였으며, 1899년 향리의 서당에서 한학을 수학하였다. 1910년 〈소년〉에 신시 '우리 영웅'을 발표하면서 본격적으로 창작을 시작하였다. 1917년 발표한 장편소설 〈무정〉은 한국 최초의 근대 장편소설로 평가받으며, 신문 연재를 통해 대중 독자를 형성한 기념비적 작품으로 기록된다. 대표작으로 〈무정〉〈유정〉〈흙〉〈단종애사〉가 있으며, 특히 〈단종애사〉는 조선 제6대 임금 단종의 비극적 생애를 장중한 서사로 그려 내어, 역사적 인물을 인간적 고뇌의 주체로 복원한 작품으로 높이 평가된다.

편저 이상배

〈월간문학〉 신인상에 당선되어 작품 활동을 시작했다. 이후 작가이자 편집인으로 오랫동안 글을 써 오며, 전통과 역사, 인문을 중심으로 성인·청소년·어린이를 아우르는 다양한 책을 펴냈다. 중국의 삼국지 배경 지역을 취재하여 쓴 〈구비 삼국지〉(전 12권)를 비롯해 〈아리랑〉, 〈윤동주〉, 〈명상은 불어오는 바람처럼〉, 〈푸하하하 나 도깨비야〉, 〈부엌새 아저씨〉, 〈눈물꽃〉 등 150여 권의 저서를 펴냈다. 이 소설은 역사 인물과 사건을 탐구해 온 작가의 편저 작업이다. 현재 햇볕이 잘 드는 작은 집필실에서 역사소설 집필에 전념하고 있다. 대한민국문학상, 이주홍문학상, 윤석중문학상, 문협동리문학상, 방정환문학상을 수상하였다.

단종애사

ⓒ 이상배, 2026

초판 1쇄 인쇄 2026년 3월 11일
초판 1쇄 발행 2026년 3월 17일

지은이 춘원 이광수 | 편저 이상배
기획실 정진우 정재우
2팀 편집장 이태영 | 편집 김재희 황성지
디자인 권순영 | 마케팅 홍보 정은아 | 디지털콘텐츠 구지영
제작 관리 윤준수 고은정 이원희 | 제작처 영신사

펴낸곳 열림원 | 펴낸이 정중모 방선영
출판등록 1980년 5월 19일(제406-2000-000204호)
주소 경기도 파주시 회동길 152
전화 031-955-0700 | 팩스 031-955-0661
페이스북 /yolimwon | 트위터 @yolimwon | 인스타그램 @yolimwon
홈페이지 www.yolimwon.com | 이메일 editor@yolimwon.com

ISBN 979-11-7040-377-7 02810